[法] 文森特·海因 / 著

吉竞 / 译

四川人民出版社

图书在版编目（CIP）数据

桂河 /（法）文森特·海因著；吉竞译. -- 成都：四川人民出版社，2025.7. -- ISBN 978-7-220-14195-9

Ⅰ . I565.55

中国国家版本馆CIP数据核字第2025RF1388号

© Libella, Paris, 2018

四川省版权局著作权合同登记号：21-25-41

GUI HE

桂　河

［法］文森特·海因 / 著　吉竞 / 译

出 版 人	黄立新
责任编辑	罗骞昀　郭　健
装帧设计	王　珂
责任校对	陈　纯
责任印制	周　奇
出版发行	四川人民出版社（成都三色路238号）
网　　址	http://www.scpph.com
E-mail	scrmcbs@sina.com
新浪微博	@四川人民出版社
微信公众号	四川人民出版社
发行部业务电话	（028）86361653　86361656
防盗版举报电话	（028）86361653
照　　排	四川胜翔数码印务设计有限公司
印　　刷	成都博瑞印务有限公司
成品尺寸	118mm×180mm
印　　张	6.75
字　　数	77千
版　　次	2025年7月第1版
印　　次	2025年7月第1次印刷
书　　号	ISBN 978-7-220-14195-9
定　　价	56.00元

■版权所有·侵权必究

本书若出现印装质量问题，请与我社发行部联系调换

电话：（028）86361656

谨以此书献给

玲宁和绿波

"战争永无止境,人对他人如狼:
一个老生常谈的故事。"

普里莫·莱维[1],《再度觉醒》

---

[1]. Primo Levi(1919—1987),意大利作家、化学家,曾被囚禁于奥斯维辛集中营,著有《这是不是个人》(*Se questo è un uomo*)、《再度觉醒》(*La tregua*)、《元素周期表》(*Il sistema periodico*)等。《再度觉醒》法语译名为 *La Trêve*,意为休战,讲述了二战末期一群被俄军释放的意大利人如何回到故土的故事。(若无特殊说明,书中注释均为译者或编者注)

目录 | CONTENTS

001　第一章

011　第二章

019　第三章

029　第四章

059　第五章

073　第六章

081　第七章

091　第八章

105　第九章

117　第十章

137 第十一章

151 第十二章

169 第十三章

179 第十四章

185 第十五章

191 第十六章

203 第十七章

01

第一章

"维系国家间的友谊并享受各国的共同繁荣一直是我们帝国外交政策的指导原则。"

昭和天皇，1941年12月8日，
《太平洋战争宣战诏书》

北碧府[1]，2014年7月。

童年起，我就生活在一只乌龟的背甲上，它就是我的全世界。我们缓慢前行，炎热时躲进小树的绿荫、芦苇地的空气里，或是从河中露出的沾着淤泥的卵石上。我喜欢这样的生活，在乌龟身边，和它安安静静地待在一起。在它的鳞甲上，我曾见过无数的风景，留下无数的美好回忆。那时我们有闲暇，我可以欣赏不同光线下的风景。在白天最强烈的光线下；黎明时分，天空粉红与黄色交织的长痕的尖头划破了深夜厚实的板岩；春天镶着水珠的晨曦清澈、原初；秋天漫长清晨的光辉在霜的作用下变得稀薄而锋利；夏天白色的阳光，临近中午的时

---

[1] 位于曼谷以西约133公里，西部与缅甸接壤。

候，它会突然在瓦朗斯[1]、于泽斯[2]和韦松拉罗迈讷[3]沉沉地倾泻下来；在午睡时分朦胧的光线里，那时体力刚恢复一些，光在椴树的影子里眨眼睛；雪天午后树胶质的薄雾，浸润了水粉，衰弱而忧郁；傍晚六点的阳光像球一样从河面、海洋或摩天大楼的镜面上弹起；夜晚的天空好似奄奄一息的火焰，那残余的火炭从天上掉下来，夜晚擦去了最后的火光。

　　昨天早上的曼谷，阳光美妙，赋予万物一种脆弱的优雅，让人思维轻快，感受活着的简单幸福。然而，我没有勇气乘坐八点从胜利纪念碑出发的公交车。我更愿意接受莱的提议和他舒适的新出租车。"今天，去北碧府半价。而且周日没有商店营业，没

---

[1] Valence，法国东南部城市。
[2] Uzès，法国东南部城市。
[3] Vaison-la-Romaine，法国东南部城市。

有交通堵塞，来去都方便！"[1]他向我打包票。莱今年25岁，是一名司机，住在父母家里。他把头发梳得像小学生一样，穿的牛仔裤中间有条褶子，踩着一双干净的皮制凉鞋，套了一件皮尔卡丹的涤格尔短袖衬衫——看上去是他妈妈熨烫过的。肯定也是她为莱准备了这道香气四溢的咖喱菜肴，这道菜在午餐前一直待在前面乘客座椅上的不锈钢饭盒里，安静地等待着。挡风玻璃的左边，用透明胶粘着国王穿着礼服的肖像，车顶和遮阳板上贴满了宗教铭文和邮票大小的金箔纸，后视镜上荡着一个用石竹花和茉莉花编成的花环，还有一个放在玻璃首饰盒里的护身符——莱寄希望于它能帮他躲避交通事故和违章罚金，同时保护乘客免遭艾滋病的侵害，因为

---

1. 原文为英语。

有时他在夜晚的帕蓬[1]、娜娜广场[2]或牛仔街[3]接到的情侣会在后座做爱。这时候他就笑笑,然后像哼一张欢乐的节目单或一首散乱的色情诗一样,唱起了每天晚上在脱衣舞酒吧的台子上或城里的妓院里能听到的歌曲《曼谷,没有钱,就没有爱情!》。

  小猫 乒乓,

  小猫 射气球,

  小猫 抽香烟,

  小猫 点蜡烛,

  小猫 开瓶盖,

  小猫 筷子,

  小猫 射香蕉,

---

1. Patpong,曼谷红灯区。
2. Nana Plaza,曼谷红灯区。
3. Soi Cowboy,曼谷红灯区。

小猫　切香蕉（不完全是同一样东西），

两只小猫切香蕉（越切越好），

小猫　神奇的剃刀片，

小猫　神奇的花朵，

小猫　换水，

小猫　在里面钓鱼，

小猫　缝衣针，

小猫　吹蜡烛，

小猫　发电，

小猫　彩虹，

小猫　写信！

我能想象小猫抽烟的情景，但我很好奇"彩虹"小猫或者打乒乓球的小猫是什么样的。

他停了一会儿，然后告诉我他从北方来，是一个驯象人之家的长子，他们一家人后来在城市定居。在开垦的林地，机器取代了大象。从那以后，他父亲开始在一栋大楼里工作，他母亲则在离南莲市场不远的地方开了家快餐店。他自己想要重启学业，以后当个历史老师，或者至少当个小学老师。"历史是我的生活方式。"[1]他一边对我说，一边松开了方向盘，手往前伸，摊开掌心，一些歌手想表达爱情伟大时就是那样做的。他看我听得很专心，又跟我讲了阿瑜陀耶陷落的故事，达信将军统一泰国并定都在湄南河西岸的吞武里，昭披耶却克里将军杀害了他，然后把首都迁到了河对岸的曼谷，以便更好地抵御缅甸的进攻。热气开始涌入车内，莱继续说。那时的曼谷都是沼泽和泥泞的街区，房子建在水上或木桩上。当然，还有拉达那哥欣岛，上面建了大皇宫和玉佛寺。他还

---

[1]. 原文为英语。

跟我解释说，首都的全称是Krunghep mahanakhorn amorn rattanakosin mahintrayuthaya mahadilokphop noparatrachathani burirom udomrachaniwet mahasatharn amornphimarnavatarnsathit sakkatattiyavisanukamprasit。"不要被吓到！"他在后视镜里笑着对我说，"它的意思是：天使之城，宏伟之城，玉佛之城，坚不可摧的城市，享有九块宝石的乐都，毗湿奴建造的快乐、富足的大都市。"[1]

~~~~~~~~~~~~~~~~

[1]. 原文为英语，有语法错误。

02
第二章

"每次战争都是最后一次。"

让·季洛杜[1]

---

[1] Jean Giraudoux(1882—1944),法国作家、外交官,代表作有《特洛伊战争不会爆发》。

今天早上我在一张四柱床上醒来,它像武装商船[1]一样吱嘎作响,床单散发着洗衣房、柠檬皮烧酒和便宜的驱虫剂的混合味道。我在一栋漂亮的两层贵族住宅里租了一间房,这栋建筑由柚木打造而成,最近被改造成了一家新殖民风格的高级小旅馆,它应该会出现在世界游客[2]或者印度支那之家[3]的线上展册里。我想象着他们的促销页:一张印有一个蓝色花瓶或者阿卡族[4]头饰的照片,一段有吸引力的描述,一个合理的促销价格,只要点击鼠标就能获取一份个性化报价单:"17天,最低2700欧元,就能

---

1. 西班牙殖民者运输掠夺的金银用的武装商船。
2. Voyageurs du Monde,一家法国旅行社,其业务主要包括定制个人化旅行和冒险。
3. Maison de l'Indochine,一家法国旅行社,旅行之家(Les Maisons du Voyage)的分支,主要经营越南旅游。
4. 居住在泰国、缅甸、老挝和中国云南高海拔山区的村庄里。

逃离旅游名胜的喧嚣，解锁一个隐秘的泰国。你可以躲进一个野外小屋、一间迷人的寄居所或一座历史建筑，从曼谷这个生机勃勃的大都市，走到清迈的温柔生活，走进当地人的生活，探索奇特泰国不为人知的面向。"莱把我带到了这个旅馆，他知道法国人喜欢这里，而且他和主管们有点交情。女主管是泰国人，也是这家店的主人。她50岁出头，有点肚子，宽大的臀部上缠着一条玫红和黑色交织的棉布长裙。男主管是一个高大的瑞士人，至少一米九五。他的头发很长，用一根办公用的橡皮筋随意地扎起。他穿的是那种有很多口袋的百慕大短裤，套一件蓝色的无领短袖亚麻衬衫，下摆扎成一团，他还在穿旧的勃肯鞋里撒上了滑石粉。自从他感到太太和生意开始不受控制，他的性格就变得尖刻起来。他大概觉得自己在这儿待不了多久了，看上去很悲伤，而且喜怒无常。他想象自己有一天会离开泰国，离开这间让他"如此投入"的旅馆。这事已经在其他人身上发生过了。早饭的时候，他给我带了茶、班尼迪克蛋、一些烤面包片和一盘水果，接着在我的桌子旁坐下，跟我聊他的烦恼。他的沃州口音让他的话听起来更加令人心碎。有很多和他一样的人会不停地告诉你，他们选择离开欧洲，抛弃将他们吞噬的生活是正确的。通常，他们不会想念芒特拉若利[1]、登肯多夫[2]和西柯比[3]的房子，也不会想念项目主管、商业总监或保险专员的工作。他们抛弃了这些，顺带抛弃了花在汽车上和常年在西班牙阳光海岸度假的贷款。除此以外，我还没说到他们第一次婚姻如流水般花掉的天价彩礼。但尽管如此，

---

1. Mantes-la-Jolie，法兰西岛大区伊夫林省的一个市镇。
2. Denkendorf，德国巴登－符腾堡州的一个市镇。
3. West Kirby，英格兰默西塞德郡威拉尔大都会区的一个沿海小镇。

他们在亚洲还是感到无聊。最初几年异国情调的新鲜感过去后，他们就开始嫌弃，把所有糟糕的事都怪到这个国家头上。他们痛苦、悲叹、抱怨，责怪这块大陆不懂怎样抚慰他们的疲惫，他们拖着疲惫，就像拖着块木柴，让他们的状态迟迟无法好转。

泰国传统戏剧里的保留节目里有大段音乐唱段，会在几个小时里循环表演。表演者经常是四五位大腹便便的音乐家，他们看似心不在焉，但当其中一个表演者偶尔决定弹奏不同的旋律时，他仿佛突然醒了过来，带着同伴们进入一种默契、灵巧和美丽的疯狂状态。这种音乐的力量就在于喋喋不休的话语中所包含的辛劳、单调和疲惫，它无与伦比的强度让我想起这里烟雾缭绕的雨季和毫无预兆的大雨。它们落下的时候的确是生机盎然，但同时又恣意狂乱，全凭自己的兴致。而且，尽管今早已经下过雨了，但另一场雨又回来了。它靠近，又有些迟疑,只是温柔地打乱了花园的一角,在木槿树丛上稍作停留,随后像烧水壶一样呼啸着离去。树木在滴水,土地上渗出混杂着泥浆与铁水的大水洼。昆虫又开始叫嚷,斑鸠、莺、卷尾、鹎鸟、花蜜鸟和鸦鹃重新开始鸣叫。我的瑞士朋友愈发沉浸在他的不幸里。我给自己添了点茶,想起亨利·穆奥[1],回忆起他在暹罗第一次旅行游记里的描述:"他们(暹罗人)相信天国神话里所有长着鹰钩鼻、有角、长毛发魔鬼的存在。他们对美人鱼,食人魔,巨人,森林和山中仙女,火、水与空气之神灵,和所有古代众神庙里,更确切地说是婆罗门教群魔殿里虚构的怪物深信不疑,从吐火的蛇神娜迦,到拐走人类的神鸟迦楼罗。"瑞士人的妻子颐指气使地出现在我

---

[1] Henri Mouhot(1826—1861),法国博物学家,1859年至1860年间游历了暹罗、柬埔寨、老挝地区,并将吴哥介绍给西方学者。

们面前，看着他，和他说了句话。我没听懂，但是从她那双美丽而带有怒气的黑色眼睛里我猜测，她在请求那只神话中的鸟来将她从这个幼稚自恋、郁郁寡欢的丈夫手中解救出来。

03

第三章

旅馆接待处布置得很有品味。滑动的隔板一侧朝向花园、河流和森林，另一侧朝向一个院落，一棵三百年的菩提树的树影洒满了整个院子。柚木地板上铺有三张hatchlou[1]花色的地毯；一张鸦片床，上面摆着羊毛天鹅绒靠垫；一张红木茶几，上面开着一束赫蕉花；一个中药柜，它铜绿色的托盘和抽屉还散发着樟脑和八角茴香的味道；一个高高的旧书橱装有玻璃门，架子上堆积着陈旧的旅行指南、褪色的杂志，以及阿加莎·克里斯蒂[2]、E. L. 詹姆斯[3]、保罗·科埃略[4]、弗朗西斯·斯科特·菲茨杰拉德[5]、

---

1. 羊毛毯的一种花色类型，发源于中亚地区，通常为暖色，其标志为四个对称象限的图案。
2. Agatha Christie（1890—1976），英国侦探小说家、剧作家。
3. E. L. James（1963—），英国作家，以《五十度灰》系列小说闻名。
4. Paulo Coelho（1947—），巴西作家。
5. Francis Scott Fitzgerald（1896—1940），美国作家。

斯蒂芬·金[1]、玛丽·希金斯·克拉克[2]、谢丽尔·布拉德肖[3]和乔纳森·凯勒曼[4]的口袋小说。书架上还有介绍泰国美食的书,史蒂夫·乔布斯的自传精心地放置在希拉里·克林顿自传的旁边。在更高的位置还摆放着一套旧《国家地理》杂志,下面藏着吉尔斯·拉普格[5]的《海盗》、帕特里克·德维尔[6]的《柬埔寨》、帕斯卡·基亚[7]的《秘密生活》和几期《新法兰西评论》。我很好奇它们是从哪儿来的。"《海盗》

---

[1]. Stephen King(1947—),美国作家。

[2]. Mary Higgins Clark(1927—2020),美国悬疑小说家。

[3]. Cheryl Bradshaw,美国当代悬疑小说家。

[4]. Jonathan Kellerman,美国心理学家、小说家。

[5]. Gilles Lapouge(1923—2020),法国记者、作家。小说《海盗》(*Pirates*)讲述18世纪的一群海盗寻找宝藏和冒险的故事。

[6]. Patrick Deville(1957—),法国旅行作家。

[7]. Pascal Quignard(1948—),法国作家,代表作有《秘密生活》(*Vie secrète*)。

是我的，基亚的书也是。杂志是曼谷一所法国中学的老师们忘在这儿的。"瑞士人重新点上香烟，跟我说道，"看，您可以在这里找到关于那座桥和城里所有娱乐活动的信息。"他递给我一页黄色的广告单，那纸感，很像用来包装炸糕的，上面题词式地印着《秘密生活》中的三句话——"失败源自内心。在外部世界没有失败。自然，天空，夜晚，比黑夜更深更远的地方，雨，热带雨林，沙漠，火山，风，只是一场漫长而盲目的胜利。"我折起广告单，塞进衬衫口袋，心想保罗·科埃略应该会觉得它很不错，而且他肯定会尝试用一种更简单的方式重写这段话……但如果是一个植物学家呢？我很好奇植物学家会如何理解这几句话。希波克拉底，他发明了医学，不仅把疾病治疗从迷信中解救出来，而且很早就开始用吗啡来缓解病人的疼痛。老普林尼[1]对"世界的整体性"感兴趣，写了三十六册的《自然史》，这套书至今仍是大学研究的重要书目。皮埃尔·贝隆[2]对异域植物的风土驯化和伊斯坦布尔的鸦片贸易感兴趣，他把三球悬铃木引入法国。德维神父[3]首次将烟草从巴西引入法国。约瑟夫·皮顿·德·图尔内福尔[4]提出将拥有同种花冠的花归为一类（如舌状花冠、钟状花冠、管状花冠或是唇形花冠）。伟大的卡尔·冯·林奈[5]在瓦扬[6]和德国人卡梅拉里乌斯[7]

---

1. Gaius Plinius Secundus（23—79），古罗马作家，著有《自然史》。
2. Pierre Belon（1517—1564），法国博物学家。
3. André Thevet，16世纪法国方济各会修士。
4. Joseph Pitton de Tournefort（1656—1708），法国植物学家、物理学家。
5. Carl von Linné（1707—1778），瑞典生物学家。
6. Sébastien Vaillant（1669—1722），法国植物学家。
7. Rudolf Jakob Camerarius（1665—1721），德国植物学家。

的研究基础上，进一步证实了植物中存在雄性和雌性的分别。朱西厄兄弟，哥哥安托万·罗兰·德朱西厄[1]在安的列斯群岛种植印尼的咖啡豆；弟弟贝尔纳[2]用帽子装了一棵黎巴嫩的雪松——他太关注那棵树了，以至于过马路的时候，一辆四轮马车撞翻了他——并把它移植到植物园，它青色的树影照拂着近两百五十年以来在此散步的巴黎人。最小的约瑟夫[3]漂洋过海，到美洲研究金鸡纳树，并尝试研发天花疫苗。菲利贝尔·肯默生[4]和布干维尔船长一同航行，在巴西发现了叶子花，为了纪念船长，肯默生

---

1. 作者笔误写作 Antoine Laurent de Jussieu，应为安托万·德朱西厄（Antoine de Jussieu）（1686—1758），法国物理学家、植物学家。
2. Bernard de Jussieu（1699—1777），法国植物学家。
3. Joseph de Jussieu（1704—1779），法国植物学家。
4. Philibert Commerson（1727—1773），法国博物学家。

用他的名字命名了这种花[1]。在海上，肯默生还无意间发现，船上的仆人珍妮·巴雷特[2]其实是女扮男装，她成为第一位环游世界的女性。约瑟夫·班克斯[3]从澳大利亚带回了袋鼠、桉树和含羞草，并主张全世界的科学家应该团结一致，当各自国家之间的政治或经济利益互相冲突时，应将它们搁置一边。亚历山大·冯·洪堡[4]非常赞赏法国人——这在德国人中可不常见——和他们的启蒙精神。他创立了植物地理学，他在观察植物随温度变化产生的分层时，迅速领悟了自然拥有的一种"智慧"：植物的分布并不是随机的。和恩斯特·海克尔[5]一样，洪堡为现

---

[1]. 布干维尔船长的法文名为Bougainville，叶子花的法文名为bougainvillier。

[2]. Jeanne Baret（1740—1807），法国植物学家、探险家。

[3]. Joseph Banks（1743—1820），英国博物学家、探险家。

[4]. Alexander von Humboldt（1769—1859），德国博物学家。

[5]. Ernst Haeckel（1834—1919），德国生物学家。

代生态学奠定了基础,这就要提到他在拉奥罗塔瓦山谷的一次旅行,当时他惊讶于植被的不同层级、脆弱性和深度平衡,并认为需要不惜一切代价去保护这种平衡。然后当然是查尔斯·达尔文,他推翻了《圣经》,证明了男人和女人并不是出生在一个优美的花园里,而且达尔文是一位真正的天才,他在生命的最后阶段还对自己在《物种起源》中所提出的观点持批判性的态度。如今我们知道,达尔文那时在思考,是否如拉马克[1]所说,进化能够通过后天遗传特征的获得而发生。达尔文的思考进一步深化,变得更为宏大。就这样,他勇敢地从人们精心安置的小世界里抽身。据说他在去世前遗憾没能投入足够的时间在音乐、文学、诗歌以及所有提升灵魂的事上,他认为这些东西会使他的科学研究更加

---

[1]. Jean-Baptiste Lamarck(1744—1829),法国生物学家。

丰富。我一直都很喜欢博物学家，但不太清楚原因，也许是因为他们告诉我们，人类的未来必须依靠道德、文化和精神上的进步；又或许是因为我想象中的博物学家在旅行时，仅戴一顶大草帽，腰上别着柳条做的小笼子，肩上则挂着抓蝴蝶的巨网。

04 第四章

"面对一具无名的尸体,
人们做梦,重复古老的话语。
但当他们面对一车车死者,
一个个墓穴,待上一整天,
日复一日。
就没有词或概念能形容了。"

乔治·海弗诺[1],《皮与骨》

~~~~~~~~~~~~~~~

[1]. Georges Hyvernaud(1902—1983),法国作家。《皮与骨》(*La Peau et les os*)由Scorpion出版社于1949年出版,该书是一部具有自传性质的小说,讲述了二战时期,主人公在波美拉尼亚战俘营的遭遇以及他的归途。

村　庄

　　战前的北碧府只是一个毛格利[1]式的小村庄，它栖息在棕榈树的羽毛和丛林的碧绿色华盖之下。木板和稻草搭建的房子，建在一排向内弯曲的桩基上，伫立在高耸的竹栅栏后面。老人们照看水牛，喂养咕咕叫着的胆怯的家禽。孩子们负责采摘，他们攀爬椰子树多节的树干时，大腿内侧经常擦伤。男人们垂钓鲶鱼、鲤鱼和尖吻鲈，尖吻鲈的白色鱼肉尝起来是藻类和淤泥的味道。女人们把它们清理干净后，放到飞溅的热油里，然后撒上一把炸好的辣椒、大蒜或粗盐就上桌了。只有移栽和收获水稻是所有人都参与的事，人们从一天初始就开始一起干活，手脚都扎在水里，看起来每个人就像一座背光的肉乎乎、黑漆漆的小桥。

---

1. 毛格利（Mowgli），鲁迪亚德·吉卜林所著《丛林之书》（*The Jungle Book*）的主人公。

河　流

　　桂河在北碧府形成一个拐角，河面变宽了一点，然后沿着城市一直流到那座著名的桥。桂河河岸上坐落着旅馆、寺庙、露台、浮桥和水上餐厅，刷过新漆的巨型长尾船从前面驶过，咆哮着，仿佛轻型高速赛车。它们的数量太庞大了，从早到晚，来往交汇，载着满心愉悦的游客全速前进。船员在船的后部赤脚站着，脚趾紧紧抓着舷缘，背后是冒烟的发动机镀铬部件和轰鸣的热气。有时他们眯起眼睛，像高速直线滑雪运动员一样蹲下，用全身的重量推开横杆。船只全速前进，搅翻巨大的水草团，擦过小块草甸，草甸上长着丰饶的水藻、灯芯草、睡莲，还附着了漂流的水草。船在经过沙滩时几乎从不减速，孩子们在河里伴着白鹭、水牛一起游泳。有时，一个用螺栓固定在船头的喇叭箱噼里啪啦地放着《冲浪旅程》[1]《把它涂黑》[2]或《满足感》[3]。俄罗斯人似乎喜欢《现代启示录》[4]的剧情,很乐意丢下租用救生衣的押金,当作小费。上游的景致亦发柔和:炽热哀伤的河流流经一片热带雨林温柔抚摸过的群山,这雨林的美有种不祥的魔力,让人经过时丧失记忆,还需一番努力才能回过神来。这条河实际上叫Khwae河,读作Khwè,是泰语,非常动听。它欢快、娇弱又多情,它是红色的、温热的,像普雷韦尔诗中的一只鸟[5]。它颤动、闪烁、歌唱,灵动又

---

1. *Surfin' Safari*,海滩男孩乐队(The Beach Boys)1962年发行的单曲,收录在同名专辑中。
2. *Paint it Black*,英国滚石乐队(Rolling Stones)1966年发行的歌曲。
3. *Satisfaction*,英国滚石乐队(Rolling Stones)1965年发行的歌曲,全名为(*I Can't Get No*) *Satisfaction*。
4. *Apocalypse Now*,1979年美国电影。
5. 普雷韦尔(Jacques Prévert)的诗《捕鸟者之歌》(*Chanson de l'oiseleur*)中,如此写道:"那只鸟是红色的,温热的,像血一样。"(L'oiseau rouge et tiède comme le sang.)

轻巧，让人联想到孔剧[1]的舞蹈，充满了木琴、小铙钹、鼓和双簧管的声音，讲述着女神、大肚子魔鬼、年轻王子和大象的故事。它就像Meedh–Moh[2]的刀刃一样闪闪发光，身涂黄金，腰裹丝绸，缀以绒球和流苏，饰以刺绣。

桂河，是不同的。它固然具有异域风情，但没有那么美，因它更具有一种战争性。它是黄褐色的，它穿米色的短裤、有大口袋的衬衫，腰带上别着子弹带，羊毛袜长度直到膝盖，还踩着一双高帮钉靴，散发着汽油、履带车、帐篷布、消毒剂和步枪润滑油的味道。而且在泰国人看来，桂河还可以拿来开一个轻浮的玩笑。我们从来没能准确发出Khwè的读音，而"Kwaï"在泰语里的意思是"水牛"，在泰国部分地

---

[1]. 孔剧，泰国传统文化的代表，整合舞蹈、音乐、诗歌、绘画等艺术形式。
[2]. 传统短剑。——作者注

区的俚语里是男性生殖器的意思。他们是对的，但最好对此一笑置之。无论在什么地方，人们都很容易生气，他们愤怒，互相发动战争，互相侵略，打倒对方，然后互相复仇，把荒唐可笑或没那么美的名字赋予河流、湖泊、高山、城市、国家和整个地理风貌。

桥

那桥的桥面狭窄，长度三百米，囚禁在一个由许多黑色钢铁大梁筑成的桁架里，靠八到十根鼓起来的白色水泥柱子支撑，柱子有些褪色了。这座桥和矿井的井架一样阴森，然而游客们纷纷来散步，把他们的名字刻在用螺栓固定的横梁上，还要拍照留念，一个个笑得像傻子。火车站附近，一棵铁树的树干倚靠在一块珐琅牌子上，这块牌子因多变的天气和无人打理的遭遇，表面呈现出凹凸不平的纹理:"在桥上行走请注意安全!有火车驶入时,请立刻前往安全平台。如发生事故,泰国铁路公司概不负责。"这座桥,丑陋又令人失望。桥上实在无趣,我在想我为什么要来这儿。它或许可以再努把力,在更好的天气出现,为我提供一些答案。一座桥总是有点什么的,至少是具有象征性的意义。难道它不是通向彼世的必经之路?基督徒的炼狱?对波斯人来说,是所有灵魂为到达天堂必须跨越的、垂悬于地狱之上的光明之路——钦瓦特桥或离渡桥,对穆斯林而言则是——绥拉特桥?绥拉特桥和克雷蒂安·德·特鲁瓦[1]笔下的兰斯洛特穿越的桥一样,其有限的价值可能在于它们直白地展示了人类的战争状态带来的恐怖折磨。

---

[1]. Chrétien de Troyes,12世纪法国诗人,代表作为亚瑟王系列故事诗。

图1 桂河大桥

火车站

这是一间狭窄低矮的小房子，很像英国那些被铁线莲和攀缘蔷薇覆盖的小屋。它的建筑风格介于西式和新维多利亚式之间，安置在一个码头的沿岸，维护得很好。房子前面插着一块厚重的白色木制公告牌，公告牌固定在水泥中，由两排牛血色的外框环绕和支撑，上面写着"桂河大桥"[1]。火车站旁边聚集着一大堆折叠桌、阳伞、三轮送货车和卖汽水的小屋。火车站站长和副手在同一张长椅上打瞌睡，小孩们在玩游戏，比赛谁向狗扔的铁路石碴最大。火车站的对面是一个喧闹的市场，是几个泼辣有趣、体态丰腴的年轻女人开的。她们的蓝布摊位上摆放着同一色仿冒品：路易·威登的交织字母像老

---

1. 原文为 River Kwai Bridge。

年斑一样显在塑料手提袋上；用极亮，当然也极易燃的布料剪裁的足球运动衫；印着几束大麻植物或切·格瓦拉的帅气头像的棉布包；印有红星的中式鸭舌帽；海军蓝的"泳池拖鞋"，和马克·扎克伯格的一样丑；二十厘米长的用来吸印度大麻的管子和斯里兰卡产的水烟壶；涤格尔短袜和仿冒的Calvin Klein牌男式短裤；饰有骷髅头、美国鹰或纳粹标志的地狱天使帮会戒指；美国联邦调查局或纽约洋基队的鸭舌帽；金色的指甲钳，复杂的开瓶器，瑞士小刀和兰博式[1]的长匕首；跳舞的象头神，和圣诞彩色小泥人[2]一样大的青铜佛像；吊床；可能是来自摩洛哥的红色皮制墩状软垫；蜡染花布，纱笼[3]和"民族风情的腰带"；坐垫套子，长桌布，床罩和眼镜

---

1. 兰博，电影《第一滴血》的男主角。
2. 法国普罗旺斯装饰圣诞马槽用的彩色小泥人。
3. 马来民族服装，通常是一块缠成裙子形的围腰布。

盒；杯垫，托盘，毛巾卷和粗粗上过漆的椰子木做的吃沙拉的餐具；竹笛；水枪；散装或镶嵌好的尖晶石，它们黑色的光芒似乎能辟邪。更远处，仍旧在铁轨旁，有一些露天餐馆。年轻的女服务员带着微笑上菜，不稳当的大桌子上盖着格格不入的漆布，桌上放着油光发亮的红色咖喱——红色常用于宗教仪式——另外还有盛着茉莉香米的饭盆，盐烧鱼，以及女人们架在摇摇晃晃、布满灰烬的火盆上烤制的腌鸡肉和玉米棒。从早到晚，一辆失去光泽的彩虹色载客轨道车会从餐桌前经过，对那些坐到路上的分心之人按喇叭，它会在火车站停靠，接上乘客，然后继续曲折又颠簸的旅程，下方是彩色游戏棒[1]般的枕木和吱呀作响的梁柱。当它经过岩石中的溪流

---

[1] 一种木棒游戏，规则是将细长的木棒撒成一堆，一根一根地拿起木棒，而不能使其他木棒移动。

时，这些惊人的钢铁和木头结构给人一种轻飘飘的感觉，似乎比那平稳地搭在三根树枝上的小嘴乌鸦的巢更脆弱，鸟巢下方则是一片摇曳的虚空。这里也有其他列车经过，它们更加便捷和准时，看上去也没那么可笑。它们的装饰整齐划一，符合人们对一列泰国火车的期待，并以每小时不到六十公里的速度在曼谷站、曼谷莲区火车站和靠近缅甸边境的 Namkok 火车站之间运行。晃晃悠悠的黄色老旧柴油机火车头轰隆隆地牵引着十几节车厢，随着旅途里程的增加，车身的帮宝适蓝磨损得越来越厉害。车厢内部的地板、隔板和长椅都是木制的，涂有厚漆，部分区域重新粉刷过，颜色是公共医院里大葱般的绿色。一张布告提醒人们，待在火车车顶或倚靠车门是危险的。敞开的窗子外是倦怠的景色，它们伸着懒腰，抬起一只眼，然后试着再次入睡：首先看到的是用短弯刀收割的玉米和甘蔗田，然后是由橡胶树组成的时有凹陷的点线，路边还种着百年的带刺荆棘，现在依旧能看见叶子花、桉树、罗望子树，或者细长的丝兰花环。歪歪扭扭的指示牌提示着危险或标识了限速。平交道口和临时搭建的围墙刷上了柏油。空气吹入车厢，一直升到车顶，卷入风扇的机械运动中，变成有限的清凉，落到乘客、卖冷饮或用头顶着柳条托盘的商贩的肩头。

北碧府战争公墓

为了找到公墓，我不得不在战火般炽热的太阳下，沿着一条平平无奇的道路行走：俗气的矮房子，野生的小花园和带刺的篱笆。这是一段枯燥乏味的漫长路途。车子很少，经过的也拒绝载我一程。没有一辆出租车或嘟嘟车，甚至都没有两轮小推车。我边走边流汗，就像一个虚张声势的童子军，走在强行开辟的小径上,周围弥漫着发酸的垃圾桶的气味。三只黑狗像强硬的守门人一样挡住路,龇着牙,争抢着一株老缅栀花树下的阴凉。如果这条具有腐蚀性的幽灵般的街道通往兰波的灵光或地狱的入口,我也不会感到奇怪。我往下走,走到一家冷气开得超级足,如同沙漠绿洲般的711便利店门口,那时我感觉我可能已经死了。我趁机重新唤醒自己的意识,补充好水分,并在一个中式面条的托盘上坐了五分钟。我一生里做过什么坏事呢?我的意思是真的非常坏的事,才沦落到要把屁股放在一个面条盒子上的境地。收银员在柜台后面一边用警惕的眼神盯着我,一边给香烟的陈列架补货。烟盒上印有发黑的肺、肿胀的嘴唇,还有被烟草严重侵蚀的舌头和牙龈。糖果货架前站着一个虚弱的奶奶,来回看我和收银员。她肩上披着一张钩织毯子,抽烟的样子像一个北美印第安女人。我去收银台结完账,走出门,自动门的电铃唱起了《圣诞快乐,劳伦斯先生》的前奏。

我穿过一座浅黄色石头堆砌而成的门拱,走进了北碧府的军事墓地。这座门拱上只有三块生铁做成的牌子,上面用"五点下午茶"风格的英文字体镌刻着金色字母,以此向修建铁路期间去世的战俘致敬,其内容大概可以翻译成:

"1942年,日本军队占领了东南亚的大部分地区。为了方便该地区战斗部队的军需供给,他们决定利用盟军的战俘和当地劳工建造一条铁路,连接缅甸丹彪扎亚到泰国班蓬已有的铁路。两支分队分别驻扎在暹罗(现在的泰国)和缅甸(现在称为Myanmar),各自从铁路线的一端开始工作,最后于1943年10月在Konkuita[1]会合。该工程造成了约

---

1. 北碧府城市,现位于泰国北碧府桑卡拉武里县,二战期间日军在此修建战俘营。

图2 北碧府军事墓地

15,000名盟军战俘和近100,000名本地居民的死亡，死因是疾病、营养不良、极度疲劳和受到虐待。在暹罗—缅甸铁路沿线上标出的三座墓地中，这是最大的一座。它邻近第一个战俘营[1]，大部分战俘在被转移到其他营地前都会在这里中转。这个墓地由科林·圣克莱尔·奥克斯[2]设计，纪念了超过5000名英联邦的受害者和1800名荷兰士兵，战后由军队公墓管理处管理，这个部门负责将铁路沿线埋葬和散落的遗体运送进来。英联邦战争公墓委员负责维护散布在约150个国家的坟墓和纪念馆，并向大约1,700,000名在两次世界大战中牺牲的英联邦军队成员致敬。"

六名园丁身着淡紫蓝色棉布衣服，颈间围着海

---

[1]. 原文为kamburi，意为战俘营。
[2]. Colin St Clair Oakes（1908—1971），英国建筑设计师，负责设计了二战后多座在亚洲的军事墓地。

绵格罗麻围巾，头戴圆锥形的草帽，正忙着轧草坪，修剪金凤花、黄钟花、缅栀花和羊蹄甲，在这个季节，热带的暴雨每天都会卷走这些植物的枝叶。另外三名园丁坐在鞋盒大小的木凳上，平静地修剪着坟墓间的灌木丛和花朵的枝杈。荷兰人的墓地位于左侧区域，英国人的墓地位于右侧，每块黑色墓碑上都标记着死者的位置，还刻下了其信仰、编号、军衔、名字、年龄、逝世日期以及他们曾服役的兵团或舰船，以及一段简短的铭文：

C.J.杜西

英国皇家海军一等水兵

D/JX. 169296[1]

英国皇家海军"苏丹"号装甲舰

---

[1]. 入伍编号。

1944年3月19日，25岁

我们将永远铭记你。父亲、母亲和乔治

18111487 炮手

L. 摩尔

皇家炮兵

1944年1月24日，31岁

在日落和清晨的时候

我们会记得他们。[1]

R.W. 伯比奇

英国皇家海军，一等锅炉工

---

[1] 引用自 Laurence Binyon 的诗歌 *For the Fallen*，原句为"At the going down of the sun and in the morning/We will remember them"。这一诗节普遍被认为是对战争死伤人员的致意。在英国、澳大利亚、新西兰和加拿大的阵亡将士纪念日，人们通常会念诵这首诗。

D/KX 113261

英国皇家海军"苏丹"号装甲舰

1944年3月11日,31岁

纪念我亲爱的丈夫鲍勃。

你将永远在我们心里。妻子米莉。儿子科林。

上尉

"操盘手"L. E. 霍恩

英国皇家陆军补给与运输勤务队

1943年12月4日,31岁

他们互相鼓励说:拿出勇气来![1]

---

[1]. 原文为"And everyone said to his brother, be of good courage.",引用自《圣经》的《以赛亚书》。《圣经》原文为"They helped every one his neighbour; and every one said to his brother, Be of good courage"。

死亡铁路博物馆
"研究中心"
"桂河大桥的真实故事"
"战时遗迹"

如果用一个"美国宫殿""洛克西大剧院"或"派拉蒙"的粉色标牌，以及《异类》或《乱世佳人》的两张海报，替换外墙上"死亡铁路博物馆，研究中心"的横幅，这个业余的博物馆就可以立马变身为一个电影院，类似于二十世纪六十年代在蒙大拿州、密苏里州或南卡罗来纳州乡村地区的那种。在一块被雨水侵蚀的水泥平台上，巨大的柱子承托着第一层楼，让这座建筑看起来有点威严。两扇门的门框因为受潮而膨胀，勉强支撑着，对面是一间摆满了图书、电影胶片和积满灰尘的纪念品的书店。大厅里面，一根闪烁的霓虹灯提供照明，在意式肉肠花色的地砖上,放置着一个用胶合板搭建的柜台作为售票处,这里除了门票还提供一个加了塑料封套的信封,内含一张类似参谋部地图的复印件,上面印着铁路的路线和沿路的战俘营,还有一本历史手册和一叠印刷粗糙的黑白明信片,看着令人绝望:死者眼睛凹陷而空洞;嘴明显经受过饥饿,牙齿掉光了,嘴唇苍白,并且持续干裂;人瘦削得像苦行僧,只在生殖部位和臀部包裹一块布;被阿米巴病消耗折磨的人背着石块,用手臂运送轨枕;驯象人躲在磨损的渔夫帽下依旧被太阳炙烤;军医穿的短裤溅上了泥,高帮皮靴也裂开了,他们会用竹子做出精巧的假肢,把旧食品罐头的铁皮改造成外科手术工具。售票处后方设有九个陈旧的教育展厅,里面用设计图、视频和展板重述这条铁路的历史和那些战俘的生存境况。参观完第一间展厅后,我们仿佛已经置身于这一场梦魇中,我们如果在这里遭遇

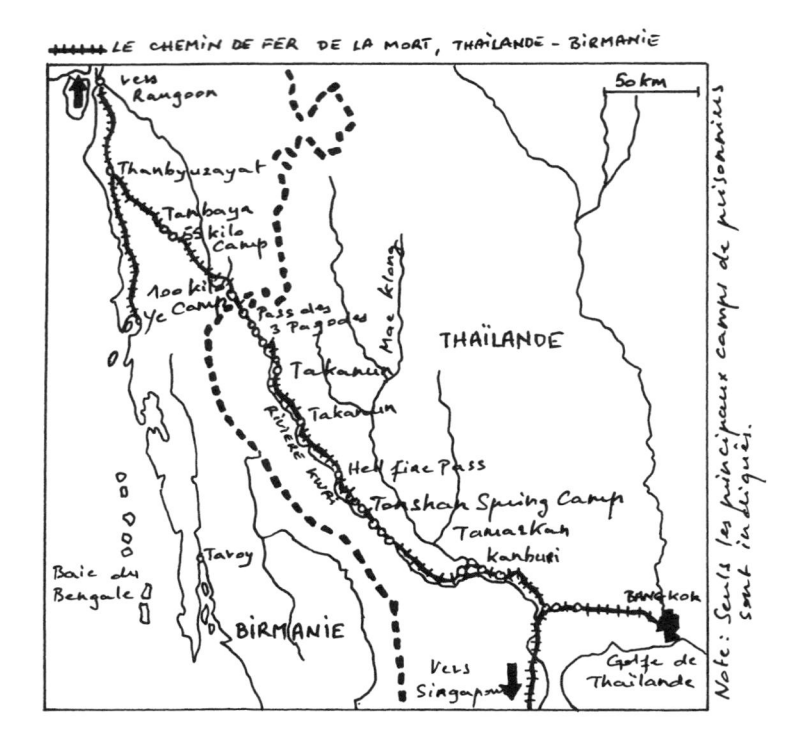

图3 死亡铁路，泰国—缅甸（注：只标记了主要的战俘营）

霍乱或者被一具尸体绊倒，恐怕也不会感到惊讶。一具具蜡像衣衫褴褛，面容惊恐，伤痕累累，弓腰驼背，他们工作着，忍耐着，然后在复原的竹板上迎接死亡。这里为我们再现了这些人在可憎的青年时期生活环境的窘迫。我并不喜欢这场表演，因为它捕捉人们的痛苦，就像对待一个昆虫学盒子里细毛毡上的昆虫一样。这场表演充斥着偷窥欲和绝望，最后却发现没传达什么东西。我开始寻找出口，想要重新找回光明。

杰西战争博物馆[1]

这个博物馆由财春蓬寺的僧人管理，他们利用

---

[1]. Jeath Military Museum，Jeath 为参与修建铁路的日本（Japan）、英国（England）、美国（America）、泰国（Thailand）和荷兰（Holland）五年国家首字母的缩写。

它推动和平，同时也用它赚些小钱。这里用竹子还原了当时战俘居住的简陋小屋，生锈的头盔、弹壳、榴弹、军用皮带、徽章和马口铁做的军用饭盒以一种荒诞的方式堆放在一起。这些遗迹陈列在壁橱，壁橱的玻璃上布满了手指印。墙上挂着一幅朴素的水粉肖像画，描绘了澳大利亚外科医生"疲惫的"爱德华·邓禄普[1]进行热带溃疡手术的场景。这位中校身上显示出一种优雅和伟大，他在自己的国家是位传奇人物，为了给自己人争取监禁和照料条件的改善，他每天都冒着生命危险和日本人交锋。"人们愿意为他做任何事，并以能为他服务而感到骄傲。我确信，是他的存在，使得这些人在迫使他们用感性而非理性去面对的艰苦环境中，不至于陷入道德堕落……相比一群挥舞

---

[1]. Edward "Weary" Dunlop（1908—1993），澳大利亚外科医生、军事将领。

着军事法的军官，他的无私和微笑对这些人而言更有价值。"作家、笔记本艺术家雷·帕金[1]这样写道，他是邓禄普的朋友，也是与他一同被监禁的伙伴。

遗产步行街

傍晚的时候开始下雨了，我感觉已经看得足够多了，于是一个想法徘徊在心头：今晚我应该独自在房间里消化我在这座墓地和两座博物馆里看到的东西。幸运的是，这条街散发出一种混杂着热水泥和泥土的醉人气味，让我立刻想到了事物美好的一面。天空仿佛被拉在一根绳子上，宛如风里的一条床单，它翻滚着，吸收着世界上所有的灰暗。在一

---

[1]. Ray Parkin（1910—2005），澳大利亚艺术家，作品《进入窒息》(*Into the Smother*)是二战期间对泰缅铁路（死亡铁路）修建过程的记录。

家餐馆的屋檐下淋不到雨的地方，两个美丽如塔希提女子的年轻女子正用同一块缠腰布擦着头发。我站在她们旁边，看着交通在云蒸雾绕的美丽暴雨中逐渐瘫痪。穿着男式童子军制服的小学生头戴蓝色方巾，白色衬衫上挂满徽章，穿着米色大短裤和羊毛袜，肩上背着印有凯蒂猫、疯狂的小鸟、冰雪奇缘或蜘蛛侠图案的书包，蹦蹦跳跳跨过水坑回家；三名穿藏红花色长袍的小僧侣共同躲在一把汇丰银行的雨伞下；骑机动自行车的人按着喇叭，他们穿塑料人字拖，没戴头盔，身体藏在黄色塑料的披风里，把孩子们放在腿中间或者自行车的后座上；小型平板卡车疯狂地在地上泼洒着沾满污泥的黑色长条水渍。老板从脚边拿起一把塑料椅子让我坐下，又在桌上放了一瓶他刚刚开盖的冒着水汽的胜狮啤酒、一小杯胡椒花生和一个纸杯。我们位于老城的中心地带，离这儿一百米处有一家中葡酒店，过去的房间价格似乎是一泰铢一晚。我们周围是泰国和中国店铺，也有一些咖啡馆和蹩脚小酒吧在盖满圆柱、阳台和栏柱的大楼的一层。

水上房屋

它们歪歪扭扭的，颜色如同菱形水果糖[1]。屋顶上有大括号形的装饰，还有一个中心大门和两扇装有棉布窗帘的小窗户。只需要用记号笔添上一座绿色、开满鲜花的山，一个微笑的太阳和它黄色的光芒穿透的蛋白酥皮般的云带，再来一条两边种有高大冷杉树的蜿蜒的石子路，我们就能看到一幅孩童的画作，就像小学老师贴在黑板上方或者小学走廊里有颗粒感的墙面上那样的画作。

---

[1]. 法国的一种粽子形的糖果，色彩缤纷艳丽。

足球场

　　这是一片光秃秃、尘土飞扬的长方形土地，足球场的边线被荆棘丛和多刺的草侵占了。旁边小学的男孩们课后在这里集中。较大的几个孩子在球门后面抽烟，一群纳米比亚矮山羊（它们有着白色的毛，红色的脑袋和下垂的耳朵）注视着他们。年幼的孩子在玩游戏，他们互相追逐、绊倒、摔跤，然后又跳起来，像弹簧一样。他们很有耐力，一刻不停，不仅倔强，还容易激动。围着球的一共有十五个人，他们成群地移动。有时他们拳脚相加，互相拉扯头发或T恤下摆，当他们擦伤了膝盖，就拍一下对方的背或讲一个让彼此会心大笑的笑话互相安慰。

05
第五章

"今天我在鼓楼医院目睹了怎样的惨状！一个七岁小男孩的尸体，腹部被刺刀刺穿四五次，可惜我们没能救活他。还有一位十九岁的女子，怀孕六个月（第一胎），曾与强奸犯搏斗。她的脸部大约被短刀刺了七次，腿部八次，腹部还有一道大约五厘米深的切口，这个切口让她失去了自己的孩子。我们会救活她的。"

国际红十字会南京委员会主席
约翰·马吉[1]牧师的日记，12月22日

---

1. John G. Magee（1884—1956），美国人，1912年至1940年在中国南京新教圣公会教堂任牧师。1937年11月起，任国际红十字会南京委员会主席、南京安全区国际委员会委员。

1926年12月25日,我的祖父十二岁,这天他正在过圣诞节。外面下着雪,天空似虚空一般呈现一种灰暗的美。那年太冷了,不仅马厩里放了一个火炉,连狗都被破例允许在前厅睡觉。大概下午三点的时候,一家人都在客厅。我的曾祖父又往壁炉里装了柴火,再把炉条放到炉子前面,他擦了擦手,然后坐下。他们刚吃完午饭,房间还残存着火、桂皮和松树汁液的味道。这天早上,我祖父收到了两本书、一些收藏邮票、他祖母的一块金币和一盒要和兄弟姐妹分享的糖渍水果。

而在日本,那时候已经深夜了。昭和天皇25岁,他眼睑下垂,戴着圆框眼镜,懒洋洋的嘴让他看起来很固执。他刚刚失去了父亲和自己的名字[1],

---

[1]. 他从此被称为 Kinjo Enno,意思是现任皇帝。——作者注

登上了皇位,准备带领自己的国家进入昭和时代[1],为此他需要煤炭、石油和橡胶。但他的身边都是一群仇外、好战、爱寻衅滋事的将军,他们在天皇面前展开了一幅战争地图并说服他侵略亚洲。于是,他在1931年驻军满洲里。1937年,他们找了一个借口,控诉中国人在卢沟桥附近绑架了一名日本士兵。双方发生了几次交火,日本人穿过了永定河,向北平发起进攻。二十四小时后,那名步兵被发现了,但这时已经太迟了,而且从来没有人改变过一个日本皇帝下达的指令,除非是谁疯了才会这样做,因为疯子才无所畏惧。于是日本官兵听从指挥,向南猛攻。他们逐渐适应,并且自我激励。他们幻想着自己正在发动一场神圣的战争,一场十字军东征,一次神圣的战斗。他们轰炸了南京,攻克了防御工

---

[1] "和平光明的时代"。——作者注

事，打开了城门，屠杀了三十多万人。这场暴行从那些高举双手走向他们的衣衫褴褛的士兵开始，然后转向女人、孩子和老人。中国人称日本侵略者为鬼子，意思是怪物、鬼魂、来自彼岸世界的生物，他们还觉得自己形容得不够好……日本人将他们分组，用步枪、机关枪或燃烧手榴弹进行屠杀。有时，日本人会将中国人活埋在巨大的坑洞里，但大部分时间，他们喜欢用白刃——军刀或刺刀进行杀戮。他们还有砍头"比赛"，有规则、仪式和冠军，赞美"姿势之美"。在这些比赛中，向井敏明[1]和野田毅[2]少尉的名声一直在日本广为流传，日本人将他们视为艺术家……对于部队的其他人来说，这场野蛮的战争点燃了他们身上的兽性。他们需要女人，于

---

[1]. Toshiaki Mukai（1912—1948）。
[2]. Tsuyoshi Noda（1912—1948）。

是他们搜刮民宅、小学、中学和女子学校，轮奸他人的妻子、母亲，甚至是她们的女儿。他们与这些女性性交达到性高潮，而她们因为无法承受的痛苦而撕心裂肺地哭喊，最后他们在她们半死不活的时候弃之不顾，或在她们的家人面前杀害她们。这绝对是骇人听闻的。

1940年，昭和皇帝39岁。他已经不是一个年轻人了，人们不再能向他隐瞒任何事，他的消息非常灵通。因此，他其实是有意识地允许了其军队的罪行。

我的祖父来到了他生命中第26个圣诞节，那些1926年在前厅睡觉的狗都去世了，我的曾祖父也离开了。祖父收藏的邮票增值了，他祖母将每年赠予他的金币存在银行的保险箱里。他完成学业，服了兵役，结了婚，之后我的父亲出生了。他随后被军队召回，再次穿上军装，腰带上别了一把大手枪。在给妻子的一封信中，他写道："显然，武器不是我感兴趣的事,制服也不适合我。骑兵的裤子、上衣的大口袋,尤其是需要向人开枪的念头使我变得渺小。"当日本人在印度支那"定居",并在一年后轰炸珍珠港、菲律宾和香港时,我的祖父已经退伍了。他是幸运的,能和妻子、儿子和书籍重逢是幸福的,他深知这一点。他是在读报的时候知道了日本人骑自行车穿过了马来西亚,并在新加坡俘虏了约90,000名英国战俘。这些以及东方前线的消息令他感到伤心,于是他余生成了一个博学的和平主义者。

昭和天皇有时——也许他还有一点人性——任由思绪如雾般散落在日本庭院里崇高的纹路上。他也能体会一首俳句或一块长满苔藓的石头的美,但这样的时刻很少,因为周围的人害怕他"误入歧途",辜负他们的苦心,回到生活美好的一面。因此,只要他有一点改变的迹象,他们就给他送来一行戴满勋章、绶带和肩章,内心悲观的将军。他们会帮助他记起曾经做出的阴森可怖的承诺。今天他们在他的办公桌上铺开了巨幅的地图，要求他下令部队北上，直至泰国北部。他们必须抵达中缅边境，才能阻止盟军为中国南方的蒋介石部队提供补给。而且，占领缅甸可以让他们牵制住在印度的英国人，并抽走曼德勒的石油。这可不是微不足道的事。1942年，昭和天皇命令步兵卷起裤脚管，跨过锡当河。他们听从指挥前进，毫不费力，直抵当年缅甸的首都仰光，因为他们得到了年轻帅气的昂山上校[1]的独立主义部队的帮助。仰光很快陷落，他们赢了，他们欣喜若狂，举起手臂，面向东京，大呼"万岁"。他们很年轻，那么年轻，而且刚刚又逮捕了新的战俘。他们就像喊着"hip, hip, hip, hourra！"[2]

1. 昂山素季的父亲。
2. 象声词，法语中用来表示欢喜、狂热等，意为：啊啦！万岁！

庆祝寻宝成功的童子军，只不过这些童子军是逮着机会就割喉、强奸、劫掠的魔鬼。能够撤退的英国人撤退到了印度，缅甸国民也和他们一起，共同组成了一支壮观的难民纵队，他们衣衫褴褛，耳朵被炮火震聋，因疲惫而反应迟钝。男人们带着少量的米和军用铁皮饭盒，女人们用柳条篮装着孩子，最小的孩子因为高温和虱子剃光了头发，鼻子下面挂着干掉的鼻涕，脸颊上沾着泥土，宛如鸟巢里的雏鸟。军人瘦削疲惫的肩膀上挂着打包好的沉重的物资和武器，仿佛一个个前往各各他的耶稣。他们不时打滑、跌倒、陷入泥泞，又艰难地站起。老人、伤员和病患被放在沾了泥土的竹子担架上，有些人死了，人们就把他们留给森林、雨水和野兽，把他们遗弃在战争的巨大悲伤里。

图 4　战俘用手挖山

图5　他们在为未来的铁路做清扫工作

在东京，皇宫周围的护城河畔，樱花[1]即将盛开，这绝对是世界上最壮丽的景观之一。然而，昭和天皇在生闷气：他现在需要爪哇和荷属印度。那就说定了，将军们派遣部队去侵占这些岛屿。荷兰人装备落后，缺乏训练，指挥无方，面对这些疯子，他们很快就投降了，几乎没有反抗和战斗。"我希望我们永远不必面对一个敌人，因为我们的军队在我看来就像一个笑话"，洛特·维尔曼斯[2]在他的战俘回忆录[3]里这样写道。

日本人穿着剪裁粗糙的制服和令他们看起来更加瘦削的长靴，在六个月内占领了东南亚，俘虏了超过130,000人。太多了，实在是太多了。他们

---

[1]. 原文为 Sakura，意为樱花树。
[2]. Loet Velmans（1923—2016），出生于荷兰，二战期间被日军俘虏，在泰国修建铁路。
[3]. 《回到桂河》，Phébus 出版社，2005年。

原本以为战斗会更艰辛，会有更多死亡，所以他们很失望，甚至还有点烦恼。他们不知道该拿这些可怜的人怎么办，他们需要给他们吃的、住的，让他们干活。然后他们想到了一个主意：虽然日本皇家海军从日本诸岛到泰国湾肯定能安全航行，但昭和天皇希望以后能进攻在印度的英国人，所以理想情况就是从陆地前进。森林可以为运输做掩护，一条从侬普拉杜克起始，途经曼谷西侧，直至丹彪扎亚的铁路完全可以做到，它可以汇入缅甸已有的铁路网，把人输送到新的前线。日本工程师反复计算，设计的图样无比丑陋，他们内部还争吵不休，最后达成一致，然后告知天皇：需要大约60,000名战俘和200,000名亚洲本土劳工[1]，需要他们在这片美丽却致命的绿色丛林里铺设四百多公里的铁路石碴、轨

---

1. 原文为romush（日语词），意为亚洲本地劳工。

枕和轨道。他们将用十字镐开山，手工建造688座桥。日军不再计算死亡人数，不再考虑苦难。昭和天皇是神，他想要他的火车。这是1942年5月，他41岁，这天早上，他下令开工。外面的宫殿花园里，樱花开放了。

06
第六章

"这是我的朋友,这是我的伙伴
   一天早上他死了
他们把他带回来,除此之外一无所知
   人们再也没有在圣马丁街见过他。"

罗伯特·德斯诺斯[1],《醒着的状态》

~~~~~~~~~~

[1]. Robert Desnos(1900—1945),法国诗人,曾是安德烈·布勒东超现实主义团体的成员,二战期间被关于集中营。诗集《醒着的状态》(*Etat de veille*)于1943年出版。

我的祖父一直对生活和满满当当的药橱充满热情。他把药橱固定在厨房和前厅的墙上，还有厕所和他三个浴室里储藏室的墙上。然而他的身体很好，也很少吃药，感冒的时候更喜欢靠蜂蜜、柠檬和冲剂治愈。但他喜欢有备无患。他将这些药按照不同类型、种类和形状分类储存，并依据它们的颜色进行摆放和展示，他觉得这样更实用也更好看。他在有的地方放消炎药、止痛药和抗生素，有的地方放韦尔波绷带、橡皮膏、药膏和消毒剂，有的地方放维生素。还有地方放着维克斯通鼻吸入剂、孚日山糖片盒[1]、十几个夫沙芬净鼻喷以及所有治疗干咳和咳痰的糖浆。他的这一古怪之处很可能源于战争。他大概曾经生病受伤，且没能得到治疗，但事实到底是怎样的，我们不得而知，因为他不聊这个。所有悲

---

[1]. La Vosgienne，法国老牌糖果品牌，以松树汁味糖果闻名。

伤的事都让他厌倦。只有一次,他告诉我,他感到极度恐惧和寒冷,曾经非常想念妻子和儿子,他说英国皇家空军的飞行员非常出色,还说有一天早上,在迈齐埃附近的田地里,他看见一只黄鼠狼从一具美国黑人士兵尸体的眼眶里钻出来。那是一个高个子,穿着美军突击队员的制服,嘴张得很大,就像一个哭泣的孩子。至于其他的事,他都缄默不语,或是刻意绕开我的问题。"我更希望你给自己找一本好书,这些事不是给小孩听的。你想让我跟你说什么呢?除了告诉你这一切是多么不幸,出发去打仗,向那些什么都没对你做的人开枪,然后再花时间去回想这些。"有一天他这么跟我说。当时我在他的书房里翻着相册和切掉边的照片,它们被保存在一个漂亮的"爱德舍"[1]咖啡盒里,盒子是红铁和金制成的。

---

[1]. Eduscho,一个德国咖啡品牌,创立于1924年。

我很喜欢他和祖母结婚时拍的那张照片,他们站在拉马克斯城堡的台阶上,显得很拘谨。他们的衣服上了浆,两个人微笑着,很好看。祖母穿着丝绸绉纱做的查尔斯顿裙,上面有尚蒂伊产的花边。她的头发剪成了男孩子的样子,头戴珍珠、白色羽毛和橙子花。祖父则穿了一件燕尾服,看起来有点像美国人。他的领带是白色的,衬衫有胸甲。他让祖母挽着他的手臂,他则拿着祖母的手套。我还很喜欢祖父穿着粗呢西服在书房拍的一张照片:他的头发向后梳,嘴里叼着一支香烟,手肘搭在大理石壁炉上。还有一张照片,他只穿着衬衣,笑着在推他那辆沉重的英国兰令500自行车。有一张照片上,他和我父亲在一起,父亲当时只有七八岁,头发侧分,穿着初领圣体者的漂亮衣服,骄傲得像一根蜡烛。他们有着相同的微笑,看起来在一起很幸福。我的曾祖父母的照片是在一家照相馆里照的,泛黄的背景烘托出他们严肃的脸庞，看起来有种僵硬和死寂的感觉。一些照片里，我的姑婆们穿着浅色的裙子，迷失在草地中间或城堡的法式花园里。她们手捧花束、篮子或抱着小孩。有些照片里，我的叔伯祖们穿着军队制服，戴着法国军帽，留着小胡子，穿着军官的长靴，一些人骑在马上。他们很喜欢逞强，显得"难以接近"，并且坚信他们的军刀、1892式左轮手枪，以及单单法国人的身份，就足以让希特勒望而却步。照片的背面，我们可以看到："骑兵兵营——摩泽尔堡垒——梅兹，1939年"，"罗雄维莱尔——马奇诺防线，1940年"，"蒂永维尔防御区"，"堡垒102步兵师——亚尔丁省防御区，1938年12月"或"第五轻机械化师，里昂"。1941年以后他们中最年轻的人，因为是洛林人，被征入德军。这个时期只留下了六张照片，我祖父把它们埋在了盒子的最里面。在其中一张照片上，祖父的兄弟亨利侧身站着，试图藏起他的纳粹袖章。他们的制服太大了，肥大的德国橄榄帽下面是三张稚气的脸，挂着忧心的微笑。他们只有一下午被准许出营，他们利用这段时间去照相，给妈妈寄信，在边境茶馆吃一块奶油蛋糕。他们用铅笔写下人们在度假、寄宿或做温泉疗养时会说的话："亲爱的妈妈，我在这里一切都好，谢谢您的围巾和毛衣，您不要担心。抱抱您，并请您替我拥抱所有人。""旅程很漫长，但天气很好。""我吃得很好，身体健康。我迫不及待地想要再见到您。"他们中最年长的两位在俄罗斯前线战死了，年纪最小的在意大利一次列车脱轨事件中丧生。

这个"爱德舍"盒子——上面写着"寄送咖啡、茶、可可豆，爱德华·舍普夫·不莱梅[1]"——

---

[1]. Edward Schopf Bremen，德国商人，1924年开始销售源于其名字的咖啡品牌爱德舍（Eduscho）。

是一个红黄色的铁制小墓地,闻起来有纸板、定影醋、油墨和檀香木的味道。盒子放在一张镶木写字台的抽屉里,里面有一些旧的信件、明信片和发票,还有说明书、储蓄存折和一些装在鳄鱼皮套里的奖章。只有我的祖父、他的兄弟乔治和于贝尔在战斗、轰炸和集中营中活了下来。乔治是一名职业军人,一名北非骑兵,我觉得他应该在英国加入了戴高乐的部队,在非洲、意大利和法国打过仗,之后又前往印度支那作战。他又高又瘦,只吃米饭和水煮蔬菜,只喝茶,还总是在茶里面加一两滴漂白剂。我不太了解他,但我印象中他是一个心胸狭隘、阴森和恶毒的人。他的兄弟于贝尔和他相反,远比他细腻、温柔。他通过虚报年龄,在十六岁就加入了抵抗组织。被捕时,他试图在外套的衬里中藏匿信息,在裤子口袋里夹带手枪,但随即被送往位于阿尔萨斯的斯特鲁托夫的纳茨维勒集中营。

07
第七章

"人们是今早到的,
　没有热情的接待,
因为海滩上空无一人,
只有一堆死尸和残骸。"

鲍里斯·维昂,《蚂蚁》

我在小学五年级的时候去参观过纳茨维勒集中营,那时候我10岁,在布雷斯特罗女士的班上。那是一个春天,我们很早就出发了,陪伴我们的是小孩出游时所有常见的东西:大客车、歌唱、吵闹、大笑、装满石榴汁的水壶、REM牌巧克力饼干和火腿三明治。我们在韩赛尔与格雷特[1]所身处的风景里驰骋,沿着山坡蜿蜒的公路前进。这里的山显得圆润,形成人们所称的"阿尔萨斯球形山脉"。布雷斯特罗老师告诉我们,这里的不同海拔上分布着千金榆、山毛榉、椴树、云杉、欧洲赤松和刺柏,正如很早之前植物学家恩斯特·海克尔和亚历山大·冯·洪堡所发现的那样。山谷的更低处盛开着黄水仙、勿忘草和刚长出的碎米荠,像不整齐的彩色斑点在各处散落。这里还有一些葡萄园。孤独的

---

[1].《格林童话》中的一则故事。

山区木屋好像睡着了,巨大的屋顶如眼皮一般垂下。还有黄色房子组成的村庄,它们的窗子上开着天竺葵的花。天已经亮了,但我出来的时候被吓坏了,仿佛陷入一个将我囚禁的噩梦中,我一直紧握着拳头。一切恐惧从远离罗托[1]村庄的粉色车站开始,它的时钟和城堡主塔在其建筑和美丽的石头里保留着不祥与朴素的魅力,正如人们在格林兄弟的《儿童与家庭童话集》中看到的一样。在这里,我们已经开始害怕会出现一个邪恶的女王,用她多节长斑的手递给我们一个有毒的苹果。我们害怕会遇到一头黑色且能言善辩的饿狼,因为在德国传统里,高大冷松树的青影往往让人惊奇、震撼又不安。然后我们走上了"集中营囚犯之路"。这条路笔直地通向一扇大门,门由灰色大梁、栅栏和沉重的铁链缠绕而

---

1. Rothau,法国下莱茵省的一个村庄。

成，上方还有一块牌子，明确写道："集中营——纳茨维勒——斯特鲁斯托夫"。一个夜间岗哨和一座鸽蓝色小木屋守卫着大门。从那里望去，可以看到带电的双层有刺铁丝网、八座瞭望台和让人无所逃遁的探照灯、十五个用木头围着的隔区，焚尸炉和它长长的烟囱像"贝莎"[1]大炮一样直指天空。更远处，一侧是"永久性"毒气室，安置在斯特鲁斯托夫旅馆以前的宴会室地址。更高的地方，在一片高耸的云杉林后面，安放着约瑟夫·克雷默[2]指挥官的优雅别墅和游泳池。一种静止苍白的光线笼罩着整个营，砖头似乎还是温热的，门从未停止过吱嘎作响。在绞刑架的扶手上颤动着可怕的记忆，其中的骨灰和鲜血在今天仍旧印刻在这片沉睡、蜷曲、令人心碎

---

[1]. Bertha，德国女性名字，被借用表示一种远射程火炮。
[2]. Josef Kramer（1906—1945），以残忍著称的纳粹指挥官。

的地方，侵入它的每一寸地表、土壤和更深处。我们可以想象被监禁者变形的尸体，他们的脚在混着粪便的冰冷泥浆里艰难前行；那些因长期被拴在狗绳上而发狂的狗；那些被毛瑟枪的咔嗒声所切割的夜晚，电灯的悲惨光影以及用德语喊出的命令。

布雷斯特罗女士是我们的老师。她快退休了，且从未结婚。从九月到第二年的六月，她总是穿着旧式羊毛短裙，搭配肉色厚连裤袜和带流苏或木质厚底的莫卡辛鞋，她丰满的胸部紧紧地收束在娃娃领衬衫和苏格兰毛线编织的粗毛线衫里。她唯一的首饰就是一串金链子，上面挂着一个耶稣像章，她一直戴在脖子上，耶稣看起来很高兴能待在那儿。她身上散发着铃兰花、蜂蜡和熨过的衣服的味道。这是一个漂亮的女人，她的眼睛里有祖母般的睿智，顶着一头烫过的白色卷发，脸上带着善意的微笑。她有时会发脾气，但很少惩罚我们，因为对她来说大笑和玩笑是值得赞许的。她比在隔壁班教书的修女要更宽容，那些害人精只关注生活中消极的一面，对自己严苛至极，几乎叫人喘不过气来，她们了无生机的生命对学生还有消极影响。看到学生展露的热情和一点点快乐，修女们就会惩罚他们，用30厘米的尺子冷酷地打他们的手心，或是罚他们抄写几百遍《天主经》。学生们任由她们摆布，他们忍耐着，逐渐学会作弊、撒谎，个性也变得阴险而忧郁。

在采沙场，砂砾发出沙沙声，走在上面容易打滑。清澈蔚蓝的光线像蜂蜜或松树汁口味糖片盒子的光芒。布雷斯特罗老师把我们叫到身边，她把食指放在嘴唇上示意我们安静，然后告诉我们，就在这里，500名卢森堡和洛林的俘虏或被机枪处决，或被鲁格手枪顶在脖子上处决，主要是因为柏林要求对他们采取"特殊对待"。她接着解释说，还有数以万计来自三十几个不同国家的人，他们被押送到纳茨维勒集中营，其中大多数人未能生还。所谓的"夜与雾"[1]，就是对帝国有威胁的庞大群体，还有犹太人、同性恋者和吉普赛人。他们在粉色花岗岩矿脉上工作，还有人在车间里修理飞机发动机，这些飞机被击落在各处，德军从上面回收了一些部件。他们每天的热量配给比在党卫队看守的狼狗还要低得多。集中营里还关押着女人和孩子，有些人一到这儿就被毒气杀害了，因为斯特拉斯堡帝国大学解剖中心的主任，"好"医生奥古斯特·希尔特需要打造一个"典型犹太人"的头颅和骨架藏品[2]，以便通过对比向世界证明雅利安人的（骨骼？）优越性。

---

[1]. 1941年12月7日，希特勒下达"夜与雾法令"，将所有"威胁德国安全"的人悄悄运往集中营。

[2]. 纳粹意识形态下，相信犹太人比雅利安和北欧人低劣，所以建立了犹太人的躯干藏品库，将战俘移除血肉，留下躯干，以此"在科学意义上"证明雅利安人是更高等的人种。

其他人则成了那些可怕又无用的医学实验的牺牲品。布雷斯特罗老师艰难地说完这些,已是泪眼蒙眬。一间木板屋被设为展厅,墙上挂着令人难过的照片。我们看到其中一张照片上,一个三岁的孩子,赤裸着身体坐在治疗台上,模样异常骇人和瘦削。她的股骨在大腿上极其清晰,突出形成一个可怕的骨头钩子。疲惫和苦难让她深陷于某种平静。她的样子至今都萦绕在我的脑海中,她如死鸟般的小眼睛死死地盯着镜头,嘴一直张着,似乎被人类给予人类的所有痛苦吓呆了。

08 第八章

在斯特鲁托夫，三个守卫用枪将于贝尔的脸打得惨不忍睹。他遭受了残忍的对待，失去了右眼和几乎所有牙齿。他们用刺刀割下他的两只耳朵，鼻子消失在全是血的凹陷中。在被捕的人中，一个信仰共产主义的年轻医生救了他的命，这位医生尽其所能地修补他的脸，取出了肉里嵌着的小块骨头，用偷来的酒精给他消毒，然后用一根缝衣针缝合好。于贝尔在被释放后，住进了医院，脸又被粗糙地修补了一下。他得到了授勋，然后被送回了家。"为什么给我授勋？就因为我失去了一只眼睛、一个鼻子、半口牙和两只耳朵？"他这么给兄弟说。他把奖章放在一个抽屉深处，第二年便突发脑出血。从那时起，他不再能说话，行动也变得异常艰难。那时他还很年轻，毁容，左侧身体瘫痪，笑的时候看上去极其可怕。有时他想了解我的生活，我是否懂事？是否喜欢学校？他就会用一支白色粉笔在一块划了格子的石板上留下圆润有力的字迹:"你喜欢读书吗?你的老师她人好吗?你更喜欢数学、法语还是体育?"白天,他大部分时间都坐在石榴色的伏尔泰椅里,需要把椅子拉到壁炉旁或大客厅的窗户旁。他不看电视,对时事新闻也不感兴趣。有一天,他在石板上写道,他看得够多了,所以在他剩下的时间里,他更想听大提琴、笛子、竖琴、羽管键琴和钢琴。他认为美是从爱里诞生的,这是他现在唯一的需要,贝多芬、舒伯特和巴赫是他最喜欢的作曲家。同时,他也不知疲倦地阅读罗伯特·德斯诺斯、阿蒂尔·兰波、布莱斯·桑德拉斯、亨利·米肖、勒内·夏尔和保尔-让·图莱的诗歌。他是一个内心非常善良,公正、慷慨和勇敢的人,但他让我感到害怕,他人生留下的废墟让我恐惧。他试图用宽大的灰色法兰绒外套遮住他扭曲的身体和倾斜的肩膀,但却让它们更加显眼。他看起来就像一只瘦骨嶙峋的猎兔犬。他畸形的手掌和手指，被拔去的指甲，被战争毁坏、切碎、分割的不幸的脸让我震惊，也让我感到恐惧。他会从远处向人们点头问好，他也不再要求更多，而是学着躲在阴影和逆光里。当他必须出门的时候，他就躲在一顶宽边毡帽下面。我从来没看到过他和任何人握手或拥抱，他活在自己的书籍和碟片里，和他姐姐一起住在一座安静、四四方方的大房子里。房子的花园里种有椴树、胡桃树、千金榆和一棵巨大的栗子树，花园缓缓倾斜在黄色的石块、腐烂的灯心草和摩泽尔河含着泥的水上。他们姐弟俩都没有结婚，和娜妮一起生活，娜妮是一名和他们年纪一样大的佣人，出生在附近的一个农场，自童年起就在他们家工作。我的姑婆负责洗衣服和做饭，娜妮则负责打扫屋子。她用一块柔软的抹布擦拭灰尘，从衣柜、有四叶饰的衣橱、冷餐台擦到洛林碗橱。碗橱的橡木突饰被点缀上纹路、分割、雕刻，仿佛大教堂的三角楣。她同时负责维护地板和保养几张宽大的中国地毯，她说，"中国所有的绚丽光芒"都隐藏在上面的图案里。她身穿一条黑色棉布裙——扣子一直扣到颈部——一条盖着上身的围裙，还用一枚镀银胸针把一件镂空针织披肩围扣在肩上。她将白色长发高高地盘成一个发髻。她闻上去有Pliz[1]、蘸了黄油的蜗牛和柔软焦糖的味道。他们住在一家帆船俱乐部旁边，每周三我都要去那儿上一节课。四五点的时候，我们坐在一艘胶合板平底快帆船上，沿摩泽尔河溯流而上。船在水流里不太稳定，在贝尔特朗日[2]输气管柱子的作用下很容易翻船。我讨厌跌到水里的时候，那时天很冷，周围的环境令我绝望，我

---

[1]. 美国公司 S. C. Johnson 在20世纪60年代设计的一款除尘产品的名称。
[2]. Bertrange，卢森堡西南部城市。

害怕轻率无知的快艇队从我们身边经过，把我们卷入他们的尾涡中。我急着想要离开这条河流，弄干自己，卸除帆缆索具，收起帆，把背心放在维护中心，并以最快的速度走上于康日大街，去找娜妮和玛丽姑婆。我知道在珐宝[1]锅的盖子下面正炖煮着鸡肉或兔肉，而且会配上土豆，那是姑婆放在铸铁锅里加入猪油烤制过的。午饭之后我们会玩国际跳棋、拉米牌、珠玑妙算或德国十字戏，后者在当地相当于法国十字戏。接近下午三点的时候，一台德维尔[2]火炉依旧烘烤着绿色的客厅，姑婆端来一盘阿尔萨斯黑李挞、充盈着奶油的糕饼、科梅尔西的玛德莱娜蛋糕或一份糖渍金橘。她会在锅子滚烫的底盘放上橘子皮，等它逐渐变干，香气就会溢满房间。姑

---

1. Staub，法国厨具品牌。
2. Deville，法国取暖设备品牌，通过燃烧木材实现。

婆会以蓬巴杜夫人[1]式的服务给我们端上一杯淡淡的速溶咖啡，而娜妮则打开电视，把一盒VHS制式的录影带塞入录像机。她们喜欢早睡，也喜欢美国电影，宽敞的空间、埃克塔克罗姆[2]的颜色、强壮的男孩、柯尔特式左轮手枪和漂亮的制服，所以她们养成了一个习惯，每周都会刻录两部"最后一课"栏目的电影，以及其他在卢森堡电视台播放的影片。我的姑婆更喜欢西部片，尤其喜欢约翰·韦恩的笑容，娜妮则喜欢战争片和历史巨片。我就是在他们家，坐在蒙特斯潘[3]风格的旧沙发坐垫上，膝盖上放着一个盛满德国糕点的盘子，第一次看了《大江

---

[1]. 蓬巴杜夫人，法国国王路易十五的著名王室情妇，有才情、有能力，受国王专宠近二十年。
[2]. 柯达公司生产的内式彩色反转片的商品名。
[3]. Montespan，路易十四的情妇，偏爱奢华的装饰风格。

东去》[1]《铁血金戈》[2]《风尘奇侠》[3]《折箭为盟》[4]《来自蒙特利的男人》[5]《宾虚》[6]《乱世佳人》[7]《十诫》[8]《魔鬼骑兵团》[9]《草莽雄风》[10]《海盗》[11]《祖鲁战争》[12]《阿拉伯的劳

---

[1] *River of No Return*（1954），法文译名为 *La Rivière sans retour*。
[2] *Drums Along the Mohawk*（1939），法文译名为 *Sur la piste des Mohawks*。
[3] *The Wonderful Country*（1959），法文译名为 *L'Aventurier du Rio Grande*。
[4] *Broken Arrow*（1950），法文译名为 *La Flèche brisée*。
[5] 无中文译名，*The Man from Monterey*（1933），法文译名为 *L'Homme de Monterey*。
[6] *Ben-Hur*（1959），法文译名相同。
[7] *Gone with the wind*（1939），法文译名为 *Autant en emporte le vent*。
[8] *The Ten Commandments*（1956），法文译名为 *Les Dix Commandements*。
[9] *The Horse Soldiers*（1959），法文译名为 *Les Cavaliers*。
[10] *Apache*（1954），法文译名为 *Bronco Apache*。
[11] *The Vikings*（1958），法文译名为 *Les Vikings*。
[12] *Zulu*（1964），法文译名相同。

伦斯》[1]《哈泰利》[2]《纳瓦隆大炮》[3]《血染雪山堡》[4]《大逃亡》[5]《锦绣山河烈士血》[6]《铁血柔情》[7]《勾魂树》[8]《西域枭雄传》[9]《要塞大屠杀》[10]《午后枪声》[11]《血战勇士堡》[12]

1. *Lawrence of Arabia*（1962），法文译名为 *Lawrence d'Arabie*。
2. *Hatari!*（1962），作者译名为 *Atari*。
3. *The Guns of Navarone*（1961），法文译名为 *Les Canons de Navarone*。
4. *Where Eagles Dare*（1968），法文译名为 *Quand les aigles attaquent*。
5. *The Great Escape*（1963），法文译名为 *La Grande Évasion*。
6. *The Alamo*（1960），法文译名为 *Alamo*。
7. *Love Me Tender*（1956），法文译名为 *Le Cavalier du crépuscule*。
8. *The Hanging Tree*（1959），法文译名为 *La Colline des porences*。
9. *Horizons West*（1952），法文译名为 *Le Traître du Texas*。
10. *Fort Massacre*（1958），法文译名相同。
11. *Ride the High Countr*（1962），法文译名为 *Coups de feu dans la Sierra*。
12. *Escape from Fort Bravo*（1953），法文译名为 *Fort Bravo*。

《双虎屠龙》[1]《岗山最后列车》[2]《鼓声阵阵》[3]《单格屠龙》[4]《埃及艳后》[5]《搜索者》[6]《红人谷龙虎斗》[7]《乌龙将军》[8]《巴斯克维尔的猎犬》[9]还戴着《电视七天》杂志提供的3D眼镜观看了《黑湖妖潭》[10]——这是一

---

[1]. *The Man Who Shot Liberty Valance*（1962），法文译名为 *L'homme qui tua Liberty Valance*。

[2]. *Last Train From Gun Hill*（1959），法文译名为 *Le Dernier Train de Gun Hill*。

[3]. *A Thunder of drums*（1961），法文译名为 *Tonnerre apache*。

[4]. *Ride Lonesome*（1959），法文译名为 *La Chevauchée de la Vengeance*。

[5]. *Cleopatra*（1963），法文译名为 *Cléopâtre*。

[6]. *The Searchers*（1956），法文译名为 *La Prisonnière du désert*。

[7]. *Six Black Horses*（1962），法文译名为 *Six chevaux dans la plaine*。

[8]. *Advance to the Rear*（1964），法文译名为 *Le Bataillon des lâches*。

[9]. *The Hound of the Baskervilles*（1958），法文译名为 *Le Chien des Baskerville*。

[10]. *Creature from the Black Lagoon*（1954），法文译名为 *L'Étrange Créature du lac noir*。

部3D电影,也是第一次在法国电视三台播出。娜妮认为,我们将进入"一个电视机的伟大时代",她的眼睛透过纸板眼镜的蓝红色玻璃纸看着我们,预言说未来将"是立体的图像、速冻的食品、能飞的汽车和火星上的生活"。1969年7月21日晚上,她们两个坐在一台特意购置的新Radiola收音机前,观看尼尔·阿姆斯特朗和巴兹·奥尔德林在月球上漫步。她们说那是她们一生中最感动的夜晚,足以让她们"心满意足地离世"。幸运的是,杰克·阿诺德[1]塑造的怪物让娜妮和玛丽姑婆把这一不幸的期限推迟了。最初的几个镜头过后,那个在它的洼地里被打扰到的生物开始了复仇。它用带蹼的手掌残忍地勒住探险队的潜水员,穿高筒皮靴、戴斯泰森粘帽、穿带口袋衬衫的探险者,穿白色泳衣的美丽的

---

[1]. Jack Arnold,科幻电影导演,代表作有《黑湖妖谭》等。

朱丽叶·亚当和在帐篷下面借着石油灯，在夜晚的宁静中检查笔记的年迈的古生物学者。总之，快四点的时候，我们三个人都有点偏头痛，鼻根被眼镜的纸板压得有点痛，但我们度过了一个愉快的下午。只是想到这个生物的脸与于贝尔相似，我们就没那么开心了。我们回到客厅的时候，他正站在窗边，每天的这个时候，他都在听约翰·塞巴斯蒂安·巴赫的十二首羽管键琴和管弦乐协奏曲，一块潮湿的木柴在壁炉里嘶嘶作响。他一只手拿着点火剩下的报纸，看着外面的夜晚降临，十月的雨在花园里拉起了长长的有刺的丝网围墙。

09 / 第九章

在我十二岁的时候，非常喜欢那些场面激烈、特效炸裂的最新大片，它们从美国涌入法国，席卷了我们这些外省的小电影院。看《超人》《007》《E.T.外星人》《第一滴血》《夺宝奇兵》或《野蛮人柯南》对我来说是一种健康的娱乐方式，冬季那仿佛含铁镀锌的天空在我们的屋顶上无精打采，这些电影却好像在天空打开了一个异想天开的缺口。蒂永维尔电影院位于福什大街上一座建于二十世纪五十年代的大楼的一层，它圆圆的外墙上有一块霓虹灯招牌，提示电影院使用的是"宽大的"屏幕。我和朋友经常在学校放假的时候坐公交车或骑自行车去，我们确实需要"宽大的"屏幕，《星球大战》上映得正是时候。电影院的售票员名叫斯蒂芬妮，她和我们差不多大。她的皮肤粉嫩发亮，像片火腿肉。她的头发又细又少，当她低头在收银机里给我们找钱时，我们能看到她的头顶。弗雷德里希·芬奇对她有好感，他的爸爸是面包师，于是他用巧克力面包贿赂她，这样她就会让我们悄悄溜进那些放映不满16岁禁止观看的电影的影厅。我最喜欢的电影是《星球大战》，从片头字幕开始我就被吸引了，文字以倾斜的角度投入黑暗和无穷之中。巨大的舰船缓缓在银幕上驶过，《帝国进行曲》和喷气式发动机让我们在座位上颤抖。剧本、在激光雨里打斗的动作设计、服装、背景、道具，所有这些创造出的新世界让我大为震撼，但我还是醉心于战后电影，因为我觉得我能在里面找到一种更适合我的生活：我更喜欢胶片的颗粒感，光线和颜色也更美。人们在里面坐船、吉普车和螺旋桨飞机。人们骑马，跳降落伞，穿过沙漠、平原、森林、大草原和热带丛林。旅行，埋伏，被抓住又逃跑。人们用拳头或刀子打架，还可以选择武器。人们轰炸桥和铁路，安装炸药，借助绳子攀爬。人们有漂亮的制服，头发修理整齐。人们在受伤的时候咬紧牙关,死去的时候吐露秘密。这个世界的逻辑很简单:德国人凶狠,意大利人有点胆怯,日本人残忍,其他所有人都是我们的朋友。

屏幕上出现了哥伦比亚公司美丽的标志:一个身披金光的女神,一个举着火炬的自由女神小姐,火炬在法国的蓝天白云里背光闪耀,然后出现了用黄色字体打出的标题:纳瓦隆大炮[1],后面跟着一段悲惨的文字,一个动听而低沉的声音朗诵,背景是一系列战争和风景的图像,里面有白色的岩石、橄榄树和变成废墟的庙宇:"希腊和爱琴海的岛屿见证了与战争和古老冒险有关的神话和传说的诞生,这些光荣的石头和今天这些变成废墟的庙宇是一个文明的见证,这个文明一直对这片海与岛屿上的半神和英雄怀着

---

1. 原文为 The Guns of Navarone。

崇敬之情。虽然背景相同，但我们在这里介绍的是自己时代的神话，我们的英雄不是半神，而是普通人。1943年，2000名英国士兵受困在凯罗斯岛，筋疲力尽，手足无措，他们只有一个星期可以活，因为在柏林，轴心国的最高指挥部计划在爱琴海进行一次军事演习，而为了强迫中立的土耳其加入其阵营，演习的地点就定在凯罗斯岛。这个岛的战略价值无足轻重，但它离土耳其海岸只有几公里。德国拿出强大的战争机器，精神抖擞，准备充分，准备发动致命一击。凯罗斯岛的人没救了，除非人们在演习前救出他们。凯罗斯岛唯一的入口由两座雷达控制的新式巨型大炮把守和封锁，它们被安置在旁边的纳瓦隆岛上。这两座炮强大且精准，爱琴海上没有任何一艘盟军舰船可以与之对抗。盟军的情报部门直到攻击前的一周才得知这个消息，而在接下来六天里发生的事将会成为纳瓦隆岛的传说。"

一架飞机紧急降落在盟军的一个军事基地上。飞机的一个发动机着火了,起落架在着陆时折断了。格里高利·派克饰演马洛里上尉,他毫发无伤地逃脱了,他穿着一身浅色棉布制服,非常优雅。他和詹森将军有约,后者以军事的态度接待了他,指责他迟到了。他们的眼神严肃,足以显示出这次见面的重要性。在房间昏暗的角落,办公桌的一角,坐着他的老朋友罗伊·富兰克林指挥官,罗伊穿着棕褐色的斯宾塞式上衣。纳粹的意识形态威胁着我们的整个文明,富兰克林的任务就是打造一支突击队来压制这两座德国大炮,并为海军打开一条通道,这样海军就能对凯罗斯岛的人施以援手。这支队伍中就有马洛里,他问道:"为什么是我?"

"首先,你的希腊语说得和希腊人一样好,德语说得和德国人一样好;"富兰克林回答说,"其次,你在敌军的领地上生活了一年半,毫发无损;最重要的是，你在战前大概是世界上最优秀的登山运动员。""苍蝇人"基思·马洛里，他继续说，并强调了"苍蝇"这个词，他对朋友的这个昵称感到非常自豪。"我们在纳瓦隆抵抗组织的联系人说，海岸线上只有一个位置是德国人没有费力去监视的，那就是南崖，因为这是一堵120米高的墙，任何人和动物都没法爬上去，这就是你可以发挥作用的地方。你把我的队伍带到岛上，然后带我们全部人爬到上面。"

我喜不自胜。两个半小时的时间里，我看到罗伊·富兰克林的人伏击了一个德国巡逻兵；遭遇了一场冬季暴风雨；在一块暗礁上搁浅；在雨夜里攀登八十米高的悬崖；刺伤哨兵；搬运装有武器和炸药的沉重的箱子；受伤；探讨战争、任务与纳粹所代表的恶，并一致认为自己是善的守卫者；在石子路上长途跋涉；被幽禁的时候保持绅士姿态，指尖夹着黄烟丝香烟；用和床头柜一样大的收音机发送编码后的信息；被呼啸而过的JU-87轰炸机轰炸；在科斯托斯山上的一个洞穴露营；遇到美丽的玛利亚和叛徒安娜；被一个盖世太保军官逮捕和拷问；逃跑，躲藏，埋伏，像猫一样灵活地钻入碉堡；听到"快点！""那是什么？""停下""开火""你们在做什么？"[1]的叫喊声，最后终于炸毁了这两座该死的大炮。看到最后，娜妮鼓掌了。她甚至擦去了一滴泪，又给我切了一块糖渍金橘，给我讲了美国炮兵在伊朗格[2]前线进攻的故事。她整晚都在跟进最新的战况。她走到阁楼，移开几片瓦片，坐到了屋顶上面。她说那时的天空是红色的，大地在炮弹中安静地呼吸，就像一片睡着的胸膛。她感受到脸颊上、腿上和裸露的手臂上空气的热量。清晨，德国人最

---

[1]. 原文为德语。
[2]. Illange，法国大东区摩泽尔省的一个市镇。

终无力抵抗,终于升起了一面巨大的白旗。

娜妮也很喜欢《大逃亡》,她喜欢史蒂夫·麦奎因沿着被有刺铁丝网覆盖的边境线骑摩托车的惊险表演和他看起来藐视众人的神情。她崇拜所有这些人在事业中所投入的勇气和精力,尤其是他们精妙的计划。"他们的条件那么有限,"她说,"但是看看!他们用勺子挖出了一条地道,用床架的木板做支撑,悄悄地用缝在裤腿里的小袋子把土运出去,用罐头食品的外壳做出一套通风系统,将军队的被子染色后做成平民的服装……还是要承认,这些英国士兵……真是风度翩翩!"

我和玛丽姑婆最喜欢《血染雪山堡》,主演是理查德·伯顿、克林特·伊斯特伍德、玛丽·乌尔、帕特里克·怀马克、迈克尔·霍登、安东·迪夫伦和令人不安的德伦·内斯比特。在我看来,电影的情节惊险刺激,在索道车厢里的打斗场景非常真实,而德国间谍坠入深渊的场景又十足可怕。我喜欢这个德国间谍混入军情六处的复杂故事，故事最后解开迷惑的过程有着希区柯克式的天才。娜妮也为它鼓掌，虽然她觉得克林特·伊斯特伍德的长头发和"约翰尼·阿利代式"的举止有点青年爵士乐迷的感觉。电影结束后，娜妮和玛丽姑婆的意识开始恍惚，脑子晕晕乎乎。她们一边收走桌上的点心，一边像孩子一样互相打趣。考虑到电影的主题和她们的年龄，这是非常奇怪的，但是必须承认，这种电影用它史诗般色彩鲜艳、思想正统的创作手法，给予观众乐观亲切的养分，和《舒尔茨爸爸》[1]有异曲同工之妙。它是一种药方。大众文化面向的是未来，它需要去拯救战后存活下来的人，擦去他们的记忆，让他们能够重新看向对方的眼睛。

---

1. *Papa Schultz*，168集的美国电视连续剧。

10
第十章

"虽然日本没有签署1929年的《日内瓦公约》[1],但它向美国给予了正式的保证,愿意遵守其中的主要条款……这样,1942年2月24日,日本保证'(适用于战俘的)条件比《公约》里规定的更有利'。"

让·路易·马戈林[2],《天皇的军队》

~~~~~~~~~~

[1]. 关于战俘待遇的《日内瓦公约》。
[2]. Jean-Louis Margolin(1952—),法国历史学家,研究领域为20世纪亚洲历史。

Kwaï

  我家有四个人，我的父亲、母亲、姐姐和我。我们很幸福，每周五晚上吃完饭后，我们坐在客厅的时候尤是如此。从六月开始，家里的窗户就经常开着，朝向花园和韦姆朗日森林里巨大的高卢橡树的枝叶。我们听得见乌鸫啼叫，有时还有一台四冲程铡草机在远处工作的声音。光照时间缓慢地变长，预示着夏天的到来。然而，我还是更喜欢冬夜，喜欢圣诞节之后和一月的夜晚，那时寒冷冻结了土地，赋予树木一种前所未有的漆黑色彩。傍晚的时候，浓雾悄然而至，花园变得阴森起来，好似克劳德·塞尼奥勒[1]小说的背景，让我感到害怕。我父亲把门闩上，关上百叶窗。壁炉里堆得厚厚的木柴在火焰里发出噼啪声。他打开电视，我们一家人一起

---

[1]. Claude Seignolle（1917—2018），法国作家，主要写作奇幻小说，涉及魔法等元素。

蜷缩在羊毛和天鹅绒的沙发垫子里。我们感觉很热,甚至有点太热了,但我们四个人都没有离开,我们觉得自己被庇护着,同时为能拥有一个电视之夜和两天的周末而感到满足。那条狗甚至看上去也很幸福,虽然这条红色的巨型羊毛垂耳猎狗像一位婆婆,眼神悲伤,还不停流泪。它在壁炉前拉长身体,任由火焰的热度烘烤肚皮。有时它会突然受到惊吓,跳起,然后转过头轻咬自己的大腿,再转回来,在睡眠里奇怪地呓语,时不时因为痉挛、做梦和呻吟醒来。

我们的磁带录像机是1981年日本胜利株式会社的款式,它由刷漆灰色金属制成,录像带需要从上面一个伸缩式盖子里推进。我喜欢它低沉的啪嗒声和机械的嗡嗡声,我喜欢父亲从火焰大街[1]上的音像

---

1. 原文为 Rue Brulée,意为被烧的街道。

店租借电影。那些黑色塑料盒子预示着旅行，而且盒子里有一种奇怪的味道，混合了熟透的葡萄、雨后的灰尘，还有地毯清洁剂的味道，关于它的记忆总会将我带入一团复杂的情绪中。

在我6岁的时候，父亲从一个阁楼摔了下来，出现了髋部疼痛。这个病没有得到有效治疗，导致他的发育速度变缓，右腿严重缩短，行走困难，而且完全不能进行任何运动。他很聪明，喜欢工作、读书、抽烟和酗酒。父亲也曾是一个好学生，很努力地为自己开创"一份事业"，我觉得这是他和其他人竞争的方式。我很少见到他，他常常工作到很晚，回家的时候我也已经上床了。只是有时，因为他的书房在我的房间旁边，我能听见他不一致的脚步在楼梯上发出的咯吱声。我很开心，因为我知道他要来拥抱我了，而且他走的时候会把门留着。我也熟悉他台灯的光线，轻声环绕的莫扎特，无数的香烟散发出的烟雾，他在纸上书写时发出的令人安心的声音，这些让深夜的黑暗和轮廓变得没有那么晦暗。

《桂河大桥》《海底喋血战》[1]《叛舰凯恩号》[2]《圣保罗炮艇》[3]《不列颠之战》[4]和《北京55日》[5]，是我和他一起看的。这些和父亲在壁炉旁和电视机前度过的夜晚，我安稳地靠在他身上，这些时刻将我们连接在一起，给我留下了美好的回忆。我喜欢这些自由自在的时刻，我可以感受到父亲用手臂包围着我的温暖，设得兰羊毛毛衣在我脸颊上摩擦的刺痛。我一会儿看看木头上燃烧的火焰，一会儿看看屏幕上的影像。

---

1. *The Enemy Blow*（1957），法文译名为 *Torpilles sous l'Atlantique*。
2. *The Caine Mutiny*（1954），法文译名为 *Ouragan sur le Caine*。
3. *The Sand Pebbles*（1966），法文译名为 *Le Canonnière du Yangtsé*。
4. *Battle of Britain*（1969），法文译名为 *La Bataille d'Angleterre*。
5. *55 Days at Peking*（1963），法文译名为 *Les 55 Jours de Pékin*。

图6 大卫·里恩的电影《桂河大桥》的海报，1957年，布里奇曼图库

这天晚上，爸爸租了《桂河大桥》。他把录像带塞进机器，哥伦比亚女神再次出现。电影的开始，一只军舰鸟静静地盘旋在一片广袤丛林的上空，镜头缓缓地落向山丘，穿过树顶，进入一片森林深处，那里遍布着爱叫唤的猴子和鸟的叫声。然后，铁路沿线最早挖的一批坟墓的坟头出现了，上面插着歪斜的竹制十字架，全部都缠绕在藤蔓和巨型叶子的网里。马尔科姆·阿诺德的音乐伴随着图像，赋予片头字幕一种仪式性的庄严感，令人始料未及："威廉·霍尔登、杰克·霍金斯、亚利克·基尼斯主演，《桂河大桥》。早川雪洲、詹姆斯·唐纳德、安德鲁·莫瑞尔、彼得·威廉姆斯、约翰·博克瑟、珀西·赫伯特、哈罗德·古德温和安·西尔斯出演。改编自皮埃尔·布勒的小说。"接着，一节蒸汽火车头鸣笛，拖着盟军士兵们的车厢，到达一个工地，

图7　亚利克·基尼斯在大卫·里恩的《桂河大桥》中，1957年，布里奇曼图库

它的每一个细节都像是"地狱之火"[1]的工地。再往下,镜头跟随一列衣衫褴褛的战俘,他们正在前进。他们的脚踝深深插进红泥里,这时出现字幕:"摄影导演杰克·希尔德亚德,摄于斯里兰卡——因为电影的拍摄地离斯里兰卡的基图尔加拉不远。一部用西尼玛斯柯普宽银幕技术拍摄的水平影片,制作人山姆·史匹格,导演大卫·里恩。"

在下方,终于出现了带领这些人的亚利克·基尼斯,他饰演尼科森上校。这个人正直、坚定、骄傲,他穿着一件皱巴巴的多口袋上衣,手里拿着军官的马鞭,看起来坚不可摧。他的整个连看上去也坚不可摧,尤其当他们三人一排,吹着《波基上校进行曲》的口哨,有序地进入营地的时候。这首

---

1. "地狱之火"是泰缅铁路(死亡铁路)总长415公里的第133公里段,是施工最为艰难的一段。在夜晚,战俘需借着火把和油灯开山劈路,故名"地狱之火"。

图8　亚利克·基尼斯和早川雪洲在大卫·里恩的《桂河大桥》中，1957年，布里奇曼图库

曲子真正的歌词，根本不是"太阳照耀，照耀，照耀"，这是后来安妮·科迪[1]唱的，实际上的歌词大概是这样的：

> 希特勒只有一个蛋，
>
> 戈林[2]有两个，但都小得不得了。
>
> 希姆莱[3]的也差不多小，
>
> 但是可怜的老戈培尔[4]一个蛋都没有。[5]

电影的影像涵盖了我所喜欢的一切。我被人

---

1. Annie Cordy（1928—2020），比利时女演员、歌手。
2. Hermann Göring（1893—1946），纳粹党领导人之一，组建了秘密政治警察"盖世太保"。
3. Heinrich Himmler（1900—1945），纳粹党领导人之一，曾任纳粹德国警察总长，组建了第一个集中营。
4. Joseph Goebbels（1897—1945），纳粹德国宣传部长。
5. 这是改编后的《波基上校进行曲》，它将纳粹所有知名人物编入其中。

物、丛林、冒险和英国军队的制服深深吸引，至今我仍觉得那套制服好看极了。当然，我当时对这部电影的理解并不深，只是孩子眼里的第一层理解，也没有尝试理解得更深。1943年，斋藤上校领导着泰国森林里某个营地的盟军战俘，日本参谋部要求他在桂河上建造一座具有战略意义的大桥，并在无视国际条约的情况下，让一个连的英国士兵和军官在那儿工作。尼科森是一个保守的上校，他管理的连在新加坡战役里被俘虏了，但他依据《日内瓦公约》第27条，拒绝参与强制劳动。斋藤想让他屈服，把他关在一个袖珍的铁皮屋里，一连好几天断水断粮，让他被太阳炙烤。但他坚持了下来，迫使斋藤妥协。英国军官重新获得指挥权，战俘的生活条件得到了改善，大桥也按时完工了。尼科森明白如何将失去的尊严还给他的部下，如何通过工作维系他们的精神状态，以及如何向日本人展示英国士兵的能力。

在我12岁的时候，这部电影才对我起到了教育意义。它让我看到我们的习俗、规则和法律的人性化，告诉我我们有能力完成复杂的工程，以及我们能赢得这场战争，是因为我们文明程度的高级。

后来到我十五六岁的时候，皮埃尔·布勒的小说让我开始思考其他东西。是父亲建议我读这本书的，他认为这本书是有观点的——现在没有人敢写这样的书了——其中的哲学、法学和政治学思考超过了历史的叙事。他在大学里读了这本书，然后偶然在一个纸箱最里面的位置找到了它。我今天又看到了吉利亚德出版社出版的这本书的封面，泛黄的内页，书本因为时间久远而脱线，铅字印刷给文字带来了诗意般的厚重感。我父亲用水笔圈出整段整段的话，有时在页面的边缘能看到难以辨认的笔记或感叹号，它们表达的肯定是愤怒。我记得纸张的潮湿味道，它把我带回父亲的青年时代，带往其他地理空间。我闭上眼睛，仿佛就置身于丛林中。我看到和手掌一样大的黑色蝴蝶，沙沙作响的黄色剧毒小蛇，大片大片的蚊子，藤蔓和锐利修长的草，这些草在潮湿的环境中汲取营养，无所顾忌地在广袤、暗黑的树影下生长。

克里普顿上校是一个年轻的军医，他聪明、善良，具有人道主义精神，皮埃尔·布勒从小说的第一页开始就让他发挥主导作用。他从一开始就质问："一些人脑海中的东西方灵魂之间无法跨越的鸿沟可能只是一种幻景，也许这只是一种常见的站不住脚的说法，只是某天乔装打扮成了夺人眼球的只言片语，人们甚至不能通过把它作为显著前提来引用以证实它存在的合理性。也许在这场战争中，'保全面子'对英国人和日本人来说都是一样迫切和关键。也许保全颜面既能让一些民族在毫无意识的状态下结束他们的运动，同时也能以相同的精确性与必然性支配其他民族的运动，所以大概也可以支配所有民族的运动？也许这两个敌人表面敌对的行为只是同一个抽象现实的不同表现？但这些表现无足轻重。也许日本斋藤上校的思维，在本质上和他的俘虏尼科森上校是类似的？"

"每个人都是人"，让－保罗·萨特这样写道，他并非公开认可了一个本质的普遍性，而是说明了一个境况的普遍性。克里普顿提出的是文化相对性的问题，他试图在人类的属性上理解人。而皮埃尔·布勒笔下的尼科森军官则信奉其他价值：军事职责、传统、对权威的服从、纪律、对祖国的爱……而且在开篇，青年医生认为他"完美地展示了军人的傲慢，它的孕育和成熟经历了一场漫长的整合过程，想来从石器时代就开始了"。尼科森是一个种族主义和保守主义倾向的人，简而言之，他的观点与克里普顿完全相反，克里普顿认为不存在任何一种"种族等级"。但是，当医生一点点被尼科森毋庸置疑的魅力和帝国主义论断说服的时候，我感到更加震惊和失望。是的，他从此和他的上校达成一致，确信西方文明比其他文明都高级得多……在大卫·里恩的电影里，出于商业原因，尼科森和青年医生的法西斯主义论断被刻画得温和了许多，英国人对外国人的蔑视表现为面对日军不屈不挠的态度以及重新修桥的行为。面对能干冷静的英国工程师，日本的工程学军官就像一个孩子，愚蠢又喜欢赌气。在皮埃尔·布勒的小说里，尼科森上校说话则没有那么谨慎：

"这些人，我指的是日本人，刚刚才从野蛮里走出来，而且走得太快。他们试图照搬我们的方法，但是并没有真正吸收。我们一旦把模型拿走，他们就会失败。在这个山谷里，他们没有能力完成一个稍微需要一点头脑的工程。他们不知道，事先动脑子思考一下就能节省时间，而不应该在混乱中惊慌失措。""这是些轻率的人，长官，"医生奇怪地看着他说，"我想到，如果没有我们，他们会把桥建在一个泥沙底座上，而这座桥可能会因为需要承载大规模的部队和军备而坍塌。"

"'难道不是吗？'他严肃地回答说，'他们就是我一直认为的那样：一个很原始的民族，仍处在孩童阶段，他们太快就接收了文明的表面装饰，实在没有学到任何深层的东西。靠自己的话，他们没法往前走一步。没有我们，他们现在还在帆船航海的时代，一架飞机都不会有，完全就是孩子……怎么还能有这样的企图，克里普顿！一个如此庞大的工程！相信我，他们只有能力建造藤条桥。'"

阅读这本书使我陷入困顿，让我感到不适，我不能接受克里普顿转头就开始信奉尼科森上校。我埋怨父亲给我推荐了这本书，我觉得它是反动的、殖民主义的。我甚至记得我们为此有些争吵，他还有点失望。于是，我把这本书丢弃在书架的一层。事实证明我是错的，我本应该读下去的。我本来能够理解得更多，比如读到尼科森强迫他的伤病员在工地上工作，以及在小说最后，英国突击队的军官下令向自己的部队开枪，而他原本是盟军情报部门指派来炸毁大桥的。他通过巧妙的引导试图告诉我们：每一种文明，和其他文明相比，其野蛮的倾向都是差不多的。

11 第十一章

我不喜欢皮埃尔·布勒，他身上当然有某些东西令我不悦。我在他的写作中看到权威、家长作风、居高临下和自傲，这些让我很难受，而且关于他自己、生活和世界，他缺少一种幽默感，这在我看来是一个严重的缺点。当然，他经历过冒险——在运动的意义上——和身体相关，但他对遇到的普通人完全没有同理心。在我同时期阅读的旅行作家中，我更喜欢布莱斯·桑德拉尔对风景的感受力、直率的细腻，以及他说谎的艺术。我喜欢穿过军阀混战的中国，然后写下《沙漠绿洲》的埃拉·梅拉特[1]。还有骑马和她同行的彼得·弗莱明，他有一张俊俏的方脸，背上绑着短枪，随后出版了《鞑靼信札》。

---

[1] Ella Maillart（1903—1997），瑞士女探险家，1935年和英国记者、旅行作家彼得·弗莱明（Peter Fleming）一道从北京前往西藏、新疆。前者出版了《沙漠绿洲》（*Oasis interdites*），后者出版了《鞑靼信札》（*Courrier de Tartarie*）。

当然还有约瑟夫·凯赛尔[1]，虽然他有一排奖章，还在晚年成了法兰西学院院士，尽管那制服有点荒唐。罗曼·加里[2]，我喜欢他是因为他娶了珍·茜宝[3]，也因为当有人问他"您最喜欢的花是什么"，他回答说"女人"。皮埃尔·麦克·奥兰[4]，他觉得最大的冒险存在于人的想象世界。尼科斯·卡瓦迪亚斯[5]，他在一艘开往好望角的发臭的老货船上工作，值班的时候他就写作，他会要求"人们留下（他的）骸骨，但他却留在一个妓院里。女人可以把他当作啤酒杯的吸管、抽烟用的烟嘴，或者哨子"。约瑟夫·康拉

---

1. Joseph Kessel（1898—1979），法国记者、小说家，法兰西学院院士。
2. Romain Gary（1914—1980），法国作家、外交官。
3. Jean Seberg（1938—1979），美国女演员，代表作有《圣女贞德》《精疲力尽》。
4. Pierre Mac Orlan（1882—1970），法国作家。
5. Nikos Kavvadias（1910—1975），希腊诗人、作家、水手。

德[1]，他十六岁毅然离家，因为他的叔叔形容他像是一个"无可救药、令人绝望的堂·吉诃德"——多么精巧的羞辱！罗伯特·路易斯·史蒂文森，1878年秋天他在法国徒步，从蒙纳斯特走到圣让杜格，带着一个塞满羊毛的睡袋、一顶有护耳的帽子、一个小炉子、几个饭盒，还有一木桶的烧酒，酒桶拍打着一头母驴的肚子，这头驴还没一条狗大。后来，他将这些经历写成了《和一只驴一起去塞文山脉》，我觉得这是描写户外生活和简朴生活的乐趣的最重要的一本书。乔治·奥威尔，他非常了解人性，今天我们知道，他曾三次预知了未来。阿尔多斯·赫胥黎，他创作了《美丽新世界》，但我对他的喜爱源于《一个怀疑论者的环球之旅》，他在里面说，"旅行，就是去发现所有人都错了"。我把尼古

---

1. Joseph Conrad（1857—1924），波兰裔英国小说家。

拉·布维耶[1]放在最重要的位置，因为他拥有最伟大的艺术：关于漂流和使人惊叹的艺术。布鲁斯·查特文[2]，他是唯一一个三十岁以后能够穿百慕大短裤和白色袜子却不滑稽的人。杰克·凯鲁亚克[3]，他总是情绪激动，迷恋安非他命[4]。杰克·马克·洛维[5]，在一张他1968年在阿富汗山区的照片上，他像一位卡曼契战士，头戴方巾，手拿一把温切斯特连发步枪。让-雅克·卢梭，他热爱散步，并在《忏悔录》中写道："如果我可以冒昧地说一句，除了在我独自徒步走过的旅途中，我从未有过如此多的思考和经历，从未这样忠于自我。"当然还有彼得拉克[6]和阿尔蒂

---

[1]. Nicolas Bouvier（1929—1998），瑞士旅行作家。

[2]. Bruce Chatwin（1940—1989），英国旅行作家。

[3]. Jack Kerouac（1922—1969），美国作家。

[4]. 安非他命，一种中枢神经刺激剂，已被列为毒品。

[5]. Jean-Marc Lovay（1948—），瑞士法语区作家。

[6]. Francesco Petrarca（1304—1374），意大利诗人、学者。

尔·兰波[1]、司汤达[2]、赫尔曼·梅尔维尔[3]、杰克·伦敦[4]、鲁德亚德·吉卜林[5]。吉卜林这样讲述他远离身在印度的亲人，以及在英国度过的青年时期："如果您问一个七八岁的孩子，他白天都做了什么（尤其是他昏昏欲睡的时候），他的回答会以一种完美的方式自相矛盾。如果将每一个矛盾都标记为一个谎言，带到早餐上讨论，生活则会变得很艰难。我经受了很多刁难，但那些是以宗教或科学的方式有意识施加的折磨。另一方面，这迫使我对即将编造的谎言感到如履薄冰，我想这为文学生涯打下了一个很好的基础。"亨利·大卫·梭罗，他写了这部杰作——

---

1. Arthur Rimbaud（1854—1891），法国诗人。
2. Stendhal（1783—1842），法国作家。
3. Herman Melville（1819—1891），美国作家、诗人。
4. Jack London（1876—1916），美国作家。
5. Rudyard Kipling（1865—1936），英国作家、诗人。

《瓦尔登湖》。阿尔贝托·莫拉维亚[1]，他写了《非洲漫步》和《思考印度》。帕特里克·莱斯·弗莫尔[2]，还有亨利·米肖[3]，我本来想成为他这样的诗人。

有人问他为什么想要创作《桂河大桥》，皮埃尔·布勒用几年后出版的《桂河大桥之源》回答——这本书记录了他年轻时在亚洲的冒险，自命不凡，令人难以忍受，故事可以简单地概括如下：1939年9月战争爆发的时候，他27岁，在马来西亚一家橡胶厂工作，因为被征召入伍，必须前往印度支那。他很开心，因为他想战斗，而且觉得自己很快就会被派遣回国。他怀念起在当地夜总会举办的告别晚会：威士忌，装香槟的大桶里被捣碎的冰，天花板上的风扇，蚊子，电灯黄光下飞舞的夜蛾，

---

1. Alberto Moravia（1907—1990），意大利作家。
2. Patrick Leigh Fermor（1915—2011），英国旅行作家。
3. Henri Michaux（1899—1984），法国诗人、画家。

同声合唱"他是一个快乐的好小伙"[1]的法国人和英国人,而外面的黑暗中弥漫着雨水的味道,他们的马来司机蹲着在等他们。在西贡,因为军队不知道该拿他怎么办,他白天都在同起街[2]精致的咖啡馆里闲逛,晚上在堤岸[3]的小酒馆里解闷。

后来他被分配到安南的顺化。可以想象一下这座城市当时的景观:种满金凤花的美丽大道,由古斯塔夫·埃菲尔建造的香河上的克雷孟梭桥,皇城边上的护城河,大象就在附近漫步,本地人居住的鲜活潮湿的街区。欧洲街区里有几座受堂区管辖的小教堂,看上去就像小小的装饰品;电影院有雪白的外墙,艺术风格的酒店的露台上,人们在夜晚的

---

[1]. 原文为"For he is a jolly good fellow",在英语世界广为传唱,以表达庆祝之情,其曲调来自18世纪的一首法语歌。
[2]. 旧名卡提拿街,来自法语 Rue Catinat。
[3]. 胡志明市的一个地区,越南最大的华人聚居区。

热浪里喝着茴香酒、金鸡纳酒或加入柠檬皮烧酒的饮料。时间过得很慢，但是这场"假战争"在顺化还是比在马奇诺防线的堡垒里更"有趣"。

1940年6月，法国投降的时候，他听到了戴高乐将军在异国声势浩大的演讲，他的一些军官战友立刻离开了印度支那，加入了英国的军队。皮埃尔·布勒犹豫了。英国还没有对日本发动战争，印度支那的法国当局似乎一开始还想抵抗皇军。而且德国，巴黎，维希，贝当……欧洲是那么远，法国是那么远……信息和观念在当时的流通非常艰难，且经过距离、政治宣传和时间的削弱，传到他那里的时候已经微乎其微。

出于对冒险的热爱，布勒接受了老挝的法国参谋部交给他的任务，并选择忠于军队——也就是维希政府[1]。狩猎的乐趣和独自开车探索这个陌生国家

---

[1]. 维希政府，是二战法国傀儡政府。

的想法战胜了他的抵抗义务。对他来说，这个理由和其他理由一样，但在我看来，这透露出这个男人狡猾和机会主义的一面。他的一生其实都是如此。1941年5月，他被遣散了，那时他又一次问自己："如果我们为了加入自由法国，在没有合法文件的条件下，以自己的方式到达马来西亚（当时还是英国殖民地），人们会怎样对待我们？"这次他终于选择了抵抗，悄悄乘船来到新加坡。英国的情报组织接待了他，他们把他输送到一个丛林里的突击队训练营。他和其他的法国年轻人一起学习炸桥，让列车脱轨，发射迫击炮，用斯登冲锋枪，扔手榴弹，用匕首刺杀一个敌军的哨兵，同时尽可能将声音压到最小。完成训练后，英国人就把他们派到中国去建立自由法国的基地，这个基地会为他们再次南下到印度支那去完成情报和破坏任务提供便利，而他们其实不过就是一支为盟军服务的第五纵队。为了更加谨慎,他们选择了不同的路线。皮埃尔·布勒乘着一辆新别克车离开了仰光。他只带了一把手枪,和儿童玩具威力差不多。他穿过了缅甸、山区、平原和伊洛瓦底沿岸的美丽稻田,他在激流里游泳,风餐露宿,感染疟疾,节约每一滴汽油,收买中国海关,在云南找到自己的同伴。但是刚到那儿,命令就改变了:他需要再次一个人去河内,在黑河漂流四百公里,然后乘坐一艘简易竹筏继续在红河上漂流。他需要分段旅行,在夜里赶路。他被卷入隆隆作响的幽暗急流中,真是可怕,他还数次被岩石撞伤。白天他需要躲起来。他拆了竹筏,从皮肤上扯下水蛭的爪牙,用滑石粉给自己上药,吃糯米、牛肉干、糖,再抽一两袋烟,累了就盖上爬满蚂蚁的树叶毯子睡觉,他没有干的衣服,脚也擦伤了。他遭受的是逃狱者之苦,然而他还在坚持着。他历经磨难,一直向前,在莱州村附近被发现。泰国人以为他们遇到了一个法国走私犯，把他移送到法国当局，接受拷问，最后被判为叛国罪，受到降级、废除国籍和终身服劳役的处罚。那年他28岁。他在河内火炉监狱服了两年零四个月的刑，一开始很艰难，但随着盟军逼近德国，他的情绪逐渐缓和。他说，到最后，看守每天都来给他送烟、酒和面包，因为他们害怕复辟的共和国法院判他们的刑。退伍后，他卖掉了在马来西亚的所有身家财产，回到法国，定居巴黎，心里盘算着可以省吃俭用地在左岸的一家小酒店生活两年，然后开始写《桂河大桥》，投稿到吉利亚德出版社。众所周知，很快，他就获得了成功。

12
第十二章

"在真正进入战争前,谁能预料到,人类英雄主义与游手好闲的肮脏灵魂里所包含的一切?"

路易-费迪南·塞利纳《长夜行》

雨下了一整晚。热带的雨，轰鸣的雨，时断时续的微温的雨。我很喜欢杜拉斯笔下的雨。它们是陪伴我旅行的雨。它们修复我，修补我，给我行洗礼。它们沉重、直白且忧郁。它们带来闷热。它们将睡眠缠绕在被单里。它们在天刚亮的时候送来水汽氤氲的天空。我觉得有一天我会写一部关于雨的"地理学专著"，因为雨天数不胜数且各具特色。它们有各自的气味、性格和音乐。有一些是散步时的雨、防水衣上的雨、橡胶靴上的雨。它们闻起来是灌木丛、欧石楠或淋湿的干草的味道。这些是夏天的雨、漫长假期的雨。它们是可预见的，人们常常等候多时。人们看见它们自远方而来，听见它们在一团硕大的乌云的肚子里轰鸣。

其他的雨更轻盈，更爱开玩笑，更幼稚。它们喜欢给人惊喜。天还是碧蓝的时候，它们不提前通知一下就突然赶来了。它们是新鲜的，常常离开一会儿又回来，让人神经紧张。它们让婚姻变得幸福[1]，也能破坏一场烧烤，一次钓鱼比赛，五月一日的活动和许愿的节日。

有些雨专门捣乱，变成雪和雾，害得道路结上薄冰。这就没有那么有趣了，它能制造事故，造成死伤，引起风湿病。

还有一些雨携带着烦恼可恶的重负。它们在秋末或初冬，从肃穆的天空中倾斜落下。它们是周三下午的雨，是书包上的雨，是朝向停车场、邮局大门或铁路的公寓的雨。它们还陪伴着A类定期储蓄存折[2]、邮票集、康福浪漫牌沙发、潮湿薯片、Bled系列练习册、布尔和比利的专辑和电视游戏。

其他的雨依恋它们属于的地区。它们吹着小

---

[1]. 法国有一句俗语："Mariage pluvieux, mariage heureux"，意为下雨的婚礼，幸福的婚姻。

[2]. Livret A，法国银行提供的一种金融产品。

号，戴着中世纪法国的红色方形王旗，成为一种签名、标签和商标。比如布列塔尼的雨。我们都知道，它们喜欢汹涌的波涛、大海和冒险，它们总和风一起来，它们把花岗岩染成自己的颜色，雕刻悬崖的形状，培养水手，遣返船只，给皮肤和骨头刺痛感，它们锻造性格，不喜欢萎靡不振的人。伦敦的雨会以独有的方式在罗孚和奥斯汀汽车下面嘘嘘作响，它们迫使人们竖起雨衣的领子，并让umbrella（雨伞）一词几乎成为语言教科书的第一个词。纽约的雨则回响着消防员长长的鸣笛声和当地油腻低沉的汽车喇叭声。

最后，还有一些雨在少年时期的光阴里噼啪作响。它们的目的是取悦少年并制造美好的回忆。它们见证了车门下最初的约会，同一把雨伞下的散步或一件搭在两个脑袋上的夹克衫。它们能促成初吻、永恒的承诺、温柔的疯狂、滑稽的场景和抑制不住的大笑。通常这是春天的雨。它们永远年轻,永远无忧无虑,我最爱这样的雨。它们在绿色中微微颤抖,赋予夜晚一种美丽的不锈钢的颜色,让人希望能将它们完好地保存,放在心口,放进一个盒子、一个口袋、一个"雨球",以防……仅仅是以防……有点像用一只颤抖的手把航船埋进瓶子里的水手,希望能看到船有一天重新驶入大海,至少是用他们的眼睛。

我的阳台朝向桂河。栏杆上趴着一只百无聊赖的皮肤粗糙的变色龙,这是我见过的第一只变色龙。或者可能有一次,我小时候在德拉波恩宫的饲养箱里见到过。水从我的房门下渗进来,一直漫延到我的床脚。水坑已经开始吸引蚊子和灰白色的小飞虫,后者看上去就像极小的夜蛾。在这里,一小摊水都能立刻孵化出生命,因此,即使在前一天晚上忘记关水的浴缸里看到一个长满睡莲和大藻的水塘也不会让人感到惊奇，之后就会有蝾螈和银色的青蛙住在里面，象群或老虎还可以过来饮水。一个出生在北碧府的泰国朋友告诉我，这个地区的老虎很多。小时候，当他需要去森林里采摘新长出的竹笋时，他的祖母会让他带一根短粗木棍，幸运的是他从来没遇到过老虎。他那时候才十一二岁，只带着一根简易的木棍，是肯定没有能力斗过一只成年老虎的。他只见过眼镜蛇——也要小心——它们在凉爽的枯叶里盘成一圈睡觉。一天早上，一条蛇溜进了他的房间，一直游到他的床脚。据他所说，那条蛇有一米五那么长。它当时直立起身体，准备咬他，又是他的祖母教会了他怎么杀死眼镜蛇：要用一根手杖迅速击打它们两眼之间的位置。他占了上风，一下就搞定了，他感到很骄傲。

他的祖母和他说过二战的事吗？她看到过那些

战俘在造桥的工地和铁路上工作吗？他告诉我说，她那时还很年轻，她说自己当时什么也不了解，不管是对营地、盟军的战俘还是劳务者[1]。日本人，她当然见过。泰国人很喜欢日本人，认为他们的言行举止很妥帖，他们很有礼貌。在这里没有强奸，没有偷盗，没有令人悲痛的劫掠。恰恰相反，他们促进了这个地区的基础设施发展。所以，谁会对此抱怨呢？

她从来没听到过喊叫和枪声吗？"没有，从来没有。这些事发生的地方更远一些，比如在丛林里。"很可能是这样……确实，这些事几乎总是发生"在远处"，令人感到震惊……

---

[1]. Romusha，日语词，原意为劳务者，后指二战期间日军在东南亚通过诱导和强迫手段招募的当地劳工。

地狱之火通道

园丁耙净了草坪，重新种上一丛马鞭草，下雨的时候它被吹到了大堂门口。这天早上，我的瑞士朋友看上去心情很好，他轻轻吹着口哨，开着玩笑，逗趣和他一起工作的人。他远远地跟我示意，告诉我前一天晚上预订的去地狱之火通道的车在停车场等我。昨晚他和我坐在一桌，给我倒了好几杯酒，从后往前地和我讲述他的人生故事，直到深夜：买酒店，施工，结婚，和妻子相遇，来到泰国，辞去欧莱雅公司财务岗位的工作，在美国的学业。在洛桑的童年，他由一个单亲妈妈带大，因为父亲在他十八个月的时候抛弃了他们。他后来只见过父亲一次，那是他15岁的时候，在日内瓦博地弗广场的一家茶室，但已经"太晚了"，他们不知道怎么说话。他反复讲这个他耿耿于怀的故事，这件事让他停滞不前，我试着去理解他。

我搭乘的是一辆达特桑的小型平板卡车，我坐在后车厢，两个日本女学生早就坐进了驾驶室。沿路风景很美，我喜欢坐车旅行，享受这些短暂的对时间失去感知的时刻，这有益身心健康。

我们的司机停下来两次。第一次是因为又开始下雨了，他想把后面的防雨布拉下来，让我可以避雨。我一边帮他，一边想，其实我最喜欢自然光、雨后土地的颜色和迎面而来的气味。第二次是因为两个日本女学生一起去路边的淡紫色花丛里呕吐。她们回来的时候脸色煞白，羞怯地用卫生纸擦嘴。

在北碧府，人们很快就发现最重要的不是这座可怕的桥，而是距离这儿三十公里的山里，一个天然的巨大切口，盟军的战俘们把它命名为"地狱之火通道"。在一个可以停三十多辆大客车的停车场，有一个具有纪念意义的小型博物馆。馆长是一位澳大利亚上校,应该很快就要退休了。他留着胡髭,看上去就像《夏威夷神探》里的希金斯三世。他小心翼翼地看护着这栋朴素、现代又简洁的建筑物,干净的橱窗里储藏着一些极其触动人心的物品:地下收音机——散兵坑收音机——用一块吉列刀片、一个安全别针和铜线组装而成,木底鞋,一些基本的工具,白铁做的勺子和杯子,苏打水瓶子,橡胶管,不知从哪里收集到的外科医生用来输液的针,泛黄的电报,上面写着"澳大利亚联邦邮政总局。紧急电报。帕金女士,维多利亚州北21区艾文霍镇青年街23号。我深表遗憾地告知您,您的丈夫海军军士雷蒙德·爱德蒙·帕金在阻止敌军行动中失踪,海军部长和海军局向您表达他们诚挚的慰唁"。橱窗中还有战俘用来和家人通信的日本明信片,上面划去了两个无用的信息:"日本皇军。我被关在泰国二号战俘营。我身体非常健康(原先可能是,我在医院）。我是有工资的（原先可能是，我没在工作）。爱你，乔治。"在博物馆后面有一个高大的柚木楼梯，向下通向一段通往远处的铁路，然后是丛林和岩石中挖出的通道。两个大冰箱里装满了水瓶，信息指示牌上推荐人们带几瓶水，因为高温令人难以忍受。步行的过程既美妙又艰难。蚊子成群地攻击人。在石碴上和石块旁，家人们安置了纪念逝者的小祭坛：上面有一些澳大利亚年轻人的照片，他们微笑着，脚边放着步枪，戴着阿库布拉帽子，装备得仿佛要去非洲狩猎。还有捆成一束的信号旗、被铜绿色覆盖的奖牌、一朵塑料花或某个军团的漂亮徽章。这个地方浸润在一种大教堂的光线里，上面飘着一层静谧的薄雾。我必须承认，我很难想象这里曾是地狱的样子。营地都消失了，取而代之的是丛林。历史在季风的美丽雾气中消散了。为了感受在铁路上工作的几十万名战俘和被奴役的亚洲劳工经受过的苦难，只能去翻阅大量幸存者的叙述，因为只有他们能确切地描述自己几乎赤裸的、发着烧、沾满泥土和满是寄生虫的身体，他们深沉的眼神，因为疟疾而变黄的眼睛、长脓的牙龈和接连掉落的牙齿，还有因为静脉曲张性溃疡而鼓起来的四肢，医生在没有麻醉或消毒的条件下给他们截肢或刮除溃疡。他们突出的肋骨，霍乱和痢疾所引起的肚子剧痛，像水一样沿着腿不停流下的屎的味道，变黑的舌头，因为每天背十二个小时的背篓而被绳子割裂、露出血肉的肩膀。他们同时被脚气病消耗着，心脏慢慢衰竭。奄奄一息的人在夜里呈现出兴奋又安乐的状态，还能听到受刑者的嘶喊。在所有的自述中，荷兰的年轻人洛特·维尔曼斯所说的绝对是最令人震惊的："……指挥官拔出了军刀，放在列克斯剃光毛发的脑袋和脖子上，开始以使用锯子的方式推拉刀片。为什么列克斯被选中了呢？他也不知道为什么。他身体僵硬，一动不动，本能地觉得最小的动作都会让他失去脑袋。"洛特·维尔曼斯在一间由竹子和橡胶树搭建的屋子里当护士，他能够参与外科手术，每天看着可怜的同伴受苦，以残忍的方式死去。更后面，在《回到桂河》的同一份叙述中，他又写道："全身伤痛的身体逐渐变得孱弱，这是自然而然的。他们可能会成为医院研究员的杰出研究案例。脚气病让胃鼓了起来，肝也变得极大，部分膝关节消失了，手臂和脚几乎没有肉了，剩下的部分也已经被腐蚀了，上面呈现出很多发臭的洞，里面挤满了蛆，忙着在腐烂的血水、腱和肉上生长。皮肤和眼睛还常常因为患上卡他性黄疸变成黄色……患第三期恶性疟疾的人会不知不觉从完全清醒的状态进入大声叫嚷的阶段，他们说出的话在自己看来是理智的，但事实上是近乎疯狂的言语……然后进入一段漫长的狂热状态——没有语言，只有喊叫和嘶吼——然后，在临终之际，唯有一声长长的呻吟……身体还健康的人能为临终之人做的全部，就是给他一口米饭、一块半腐烂的煮熟的水果、半杯开水或者一块用来擦汗和脓水的湿布。"是的，在我看来，只有死里逃生的人能回忆起，大约300,000名战俘与劳役者在这条铁路线上工作过，他们不停地挨着看守用竹杖和电缆疯狂的抽打。只有他们能告诉我们在"速度"[1]的命令下，地狱是什么样的，以及疾病、饥饿、干渴、高温和精疲力竭的恐怖。他们了解人性之恶，以及人类的疯狂、残忍、懈怠、背叛、极度悲伤和惊恐。他们见过同伴为了一个杧果揭发他人；他们看到同伴像一块肉一样被活活地切开，只因他们忘记向一个看守敬礼；他们

---

[1] 原文为Speedo，该词作为英文"Speed"（速度）的日语读音，每天要被重复喊上无数遍，并伴随着大量的抽打。——作者注

图9 Tha Makham的木桥，背景是被毁掉的钢铁桥。Tha Makham曾是日本在北碧府建的一个战俘营，位于北碧府以北5公里。

看到哀求的病人被绑在犯人柱上，为渴望练习刺刀的日本新兵充当模特；劳役员里的小孩也被迫养成同样的饮食习惯——每天只有不到一百克且发霉的米，他们需要承担一样的劳役，日本人会因为一句是或否就惩罚他们，逼他们挂在树枝上，体力耗尽后松手，在竹子做的尖桩上受刑；他们看到过母亲们被糟蹋，只为了换取一个孩子的生命；他们听到过那些被活活烧死的人的呼喊和那些被活埋在巨大坑洞里的人的哀求，坑洞就挖在离他们刚刚铺好的铁轨几十米远的地方。他们讲述了吃人肉的事：战俘的肝、心或脑子烹煮后给看守补充能量、活力和勇气。他们讲述了死亡行军[1]中的虐待，最慢的人脚被拴在卡车上，成串地在后面拖着，直到他们变成

---

1. 1944年，纳粹将波兰西部集中营中的囚犯转移到德意志第三帝国，德军的虐待和恶劣的行军条件造成成千上万的囚犯丧生。

一团血肉模糊的混合体。他们描述了纠缠良久的饥饿，这让他们可以吃下任何看上去能吃的东西：树叶、根、蛇、地蟹、老鼠、鸟，甚至是茅房深处找到的虫子。他们发现澳大利亚和荷兰俘虏的状态要好一些，因为比起英国军官，他们的军官和部队更亲近，也更团结，而对于前者来说，社会等级才是最重要的。他们提醒我们，超过80,000名男人、女人和小孩因此丧生，只有一小部分盟军的士兵沉睡在北碧府漂亮的墓地里。对于其他人而言，我指的是劳役者，留给他们的只有丛林。他们度过了艰难的一生，又像狗一样死去，而且是毫无意义的丧生，因为铁路刚完工，盟军就炸毁了主要的桥梁，铁路就完全不能用了。

13 第十三章

我参观了地狱之火通道、纳茨维勒集中营、杜奥蒙的刺刀战壕、卡昂和平纪念馆、科勒维尔奥马哈海滩上的美军墓地和日本731部队。对我们中的大多数人来说，好奇心、"理解的需要"或"记忆的义务"充当了我们的借口，而事实上我觉得，我们是来这些地方寻找自身早已背负的东西的。

我于1989年在哈尔滨附近的平房区参观了731部队旧址。在中国北方的广袤土地上，每年有六个月，土地都会在冰冻中断裂。在黑龙江省，那个年代的人们还在穿棉大衣，戴毛皮帽子，帽子一直盖到眼睛上，女人们像裹着羊毛和布的洋娃娃。那是在二月，大概在中国春节的时候。我那时18岁，在北京师范大学读书。我最爱这一年的极度自由，离家很远，不像我在巴黎读书的朋友那般受到约束。

我坐了一趟夜行火车，车上的乘客不常见到欧洲人，纷纷过来围观我，仿佛在观赏一场演出。他们给了我一些很奇怪的食物，还不知疲倦地重复提问我父母的工作、收入以及我的婚姻状况——他们觉得我肯定早有规划。对于我的每一个回答，他们都放声大笑，其中最大胆的会轻拍我的肩膀，并大声称赞："Ni Tai Bang！"（"你太棒！"）一个更为谨慎的年轻男人善意地提出让我睡在上铺，并多给了我一床被子。他知道车厢里不会有暖气。早上的时候，寒冷让他变得和纸板一样僵硬，冰花开在所有的窗户上。我记得那些沉睡的身体的气息，混杂着白菜馅儿饺子的味道，他们用保温瓶里的水把饺子一热，就狼吞虎咽地吃了下去。我再次目睹了一轮金色的太阳，它如圣像般从白雪皑皑的平原、光秃的树梢、工厂的烟囱和荒芜的道路上缓缓升起。城市中，为了抵御极地的严寒，人行道上放了取暖用的火盆，煤炭燃烧的烟雾弥漫在大街上和冬天广阔静谧的天空中。行人围在火盆边跺脚，他们会给手和鼻子取暖，一边开着玩笑，一边烤着一根黑得可怕的香烟。这里车辆稀少，只偶尔开过几辆车：一辆挂着薄纱窗帘的黑色红旗轿车，一辆有长方形前车灯的轿车——就像探长德里克的座驾，或是一辆绿得可怕的上海大众汽车。出租车叫作"面的"，里面挤了八到十个人，几乎是蹲在坯布椅上，车辆一颠簸，装有金属片的减震器就像铁一样咯咯作响。它的发动机和油压截断机的发动机很像，花十块钱就可以在它的轰鸣声中环游整个城市。我通过一个外观凄惨的车门，就进入了曾经731部队的院子，车门上方有一个平台。从远处看，除开铁路的话，这个令人绝望的建筑就像奥斯维辛集中营的大门。不得不说，权威、悲剧、恐惧、苦难和死亡在寒冷和砖头里生长得更快。三座建筑被完好无损地保存下来，其他都在盟军抵达前被炸毁了。一个穿蓝色大衣的保安递给我一张票，票上印有一张照片，是几个外科医生正在处理一具被肢解的尸体，票的背面则是一堆像木柴一样堆放在屋檐下的尸体。文字说明很简洁："731部队实验后待处理的尸体"[1]。保安拉开一面带有绒布内衬的窗帘，它保护着一扇装了一半玻璃的脆弱的门，里面露出一间连一间的手术室、检查室和铺着白色瓷砖的实验室。地下室设有小房间和单人囚室，几个人体模型复原出当时的情况：囚犯凄惨地蜷缩在破开的草垫上，形如濒死的狗。

731部队是日本化学、细菌和医疗武器的主要实验中心之一，实验在活人身上进行，由军事生物学家石井四郎领导，堪称极度恐怖。石井四郎是一个身材矮小、没有脖子的男人，他头发很乱，戴圆框眼镜，留着青年人的胡子。他是日本的门格勒，也和

---

[1] 原文为英文。

门格勒一样刻苦、残忍、野心勃勃。1932年，他在背荫河地区安置好试管、微生物、解剖刀和注射器，两年后，他已经造成了一千多名囚犯死亡。其他人幸运地逃跑了，并找到了当地的游击队员。石井四郎意识到自己管理体系的局限性，性格好斗的他决定为自己建立一个"适应力更好"的综合体，于是他在日本的顶尖大学招募了研究员和年轻医生。他们穿着油光锃亮的皮靴和洁白无瑕的长罩衫，立刻开始工作，在显微镜僵硬的镜头下，专注地合成伤寒症、副伤寒、痢疾和霍乱的菌株。他们的偏好是痢、破伤风和鼠疫。他们用一千多只老鼠培养了一百万只鼠疫蚤。他们照料它们，无微不至地关心它们，像英国保姆一样呵护着这些培养液，并最终成功地把这些危险的病毒装入巨大的陶瓷炸弹。这是一个"好"的开始，但是石井四郎想要的更多。天皇需要赢一场战争，而他需要继续他的事业。再说，虽然实验室令人满意，但中国更大，它能够提供一个无限宽广的、可以就地实验的场所。于是他们尝试用斑疹伤寒或霍乱的杆菌污染河流，被感染的跳蚤在宁波大面积传播，但结果令他们失望。当然这的确造成了一些死亡，但他们觉得可以做得更好。石井四郎的一个学生想到了一个主意。他举起手。

"怎么了？"石井四郎问他。

"为什么不给被释放的中国囚犯被污染的军用饼干？这样他们可以分给他们的家人，甚至也许，如果我们给的足够多，他们会分给整个村庄的人？"

"好主意！"医生回答说。

这又造成了一些死亡，这次稍微多了一些，但还不够，还要继续。石井四郎受到第一次成功的鼓舞，他要求拿到更多的人体试验品，而日本宪兵[1]

---

[1]. 原文为 kempeitai（日语词），意为日本宪兵。

负责给他们提供这些。他们在附近的村庄随意劫掠，他们知道要怎么做，因为这就是他们的工作。他们很高效，人质被大规模地送到，日本人叫他们"matura"，在日语里的意思是"木柴"或"木材段"，让人联想到纳粹臭名昭著的对集中营囚犯的去人格化称呼"Stück"[1]。在这些男人、女人和孩子身上，他们继续着骇人听闻的实验：他们解剖活人，用肉眼观察跳动的心脏；他们将四肢冷冻后，再尝试不同的解冻方法；他们尝试将马血输给人类；他们将一个病人身体里的细菌注射到另一个病人体内以增强毒性；他们试验新型喷火器，然后比较不同型号所造成的死亡反应；他们把梅毒病毒注射到年轻的孕妇体内；他们在孩子身上试验毒气和

---

[1]. 德语中意为用来计数的量词如块、片、个等，在集中营被用于对新来的囚犯计数。

恐怖的毒药，让他们大叫着死去……然后他们在焚尸炉里焚烧所有的尸体，因为需要为新来的人腾出地方……"一些实验看上去更像是出自扭曲科学家的邪恶幻想，而非具有任何科学或军事价值：残暴的嫁接……电刑，大剂量X射线的辐射，以及为了从内部'研究'出血进程的活体解剖。在对'白人'囚犯（主要是俄国人）进行的某些重复实验中还隐约能看出当时的种族主义信条，这些囚犯被特意感染后再解剖，目的是必须找到对每种肤色毒性最强的细菌"，让-路易·马戈林在《天皇的军队》关于731部队的一章里如此描述。

我出来的时候时间还早，但天已经黑了。我记得当时很难找到回哈尔滨的出租车，那个地方似乎空无一人。只有在通往主路的小径上，才能看到成群的大乌鸦聚集在树上，拥挤而凄惨。

第十四章

我一直很喜欢在森林里散步,因为它给我带来不适感,又让我担忧。我在其中迷失,找不到路,感到害怕。车辙跨不过去,沟里全是水。我跳着,在腐烂的叶子上打滑,绊倒,被荆棘划伤。从来不知道即将要坐在哪儿,屁股总是湿的。我的装备是一把小折刀和一根棍子,还带着一条狗,因为害怕遭遇不测。我小时候,每逢秋冬季节的周日上午,父亲和我都要穿过韦姆朗日的森林,前往同名的村庄。这是属于我们的时间,这是除我们的电视之夜外,他给予我的其他为数不多的时光。他迅速穿上一双尺寸不同的橡胶靴,因为在左脚那只橡胶靴里面,他放了矫形器,他会再披上一件法国军队的派克大衣,那是一个朋友从阿尔及利亚给他带回来的。没有被派到那里作战让他感到困扰,必须等待同伴回来这件事让他显得更加特殊,并让他觉得有点羞愧。而且我觉得他很想穿上军装,他很喜欢,就是这样。除了他的腿，还有一部分的他没有"长大"，这会时不时通过一些奇怪的举动、突发的傲慢或不理智的悲伤表现出来。他治愈自己的方式就是加倍努力地工作，从我们身边逃离，或者多喝几杯酒。我记得那时的他：他是保护者，我认为他是永恒的。我记得我们一同散步的情形：我们的脚步被泥土牢牢吸住；雪有时混入叶子和土地里；高耸的橡树在大理石般的纯净天空下静静伫立，仿佛不着一物；父亲不时往桑树丛里扔一块石头，让我误以为有狐狸藏在那儿；我们经过森林看守的房子，原木栅栏和雕刻出心形的护窗板给我一种童话般的感觉；我们走在旧时的地堡旁，它们如今已成为平缓的土丘，在土地和常春藤的覆盖下睡意蒙眬。这些地堡常常被水淹没，粗大的树枝堵住了入口和射击孔。父亲说我的祖父在战争初期曾藏身于其中一个口。父亲自己的地堡还要更远，在韦克兰[1]。在那儿，他曾俘获过一支德国巡逻队，他们很可能是迷路了。"为什么你没有下令开枪呢？"一个同伴问他。"因为这些人未曾对我造成伤害，而且一个迷路的人已经不能算作敌人了。"他回答说。那是在1940年，距离大溃败只有几周的时间。

---

[1]. Veckring，法国大东区摩泽尔省村庄。

第十五章

祖父去世的时候86岁。晚上快十点的时候,他去睡觉了,他先读了会儿书,然后就像一个灯泡一样熄灭了。那年我30岁,那天我在中国,正在上海的一个朋友家里度假,父亲给我打电话告知了祖父的死讯。挂断电话后,我回想起儿时在他身边的场景。遇到暴雨,或因为我害怕黑漆漆的走廊,他才偶尔允许我和他一起睡。我喜欢他方方正正的大床,折叠得一丝不苟的绣花被单的清香,里面塞着一床很大的羊毛被;喜欢他盖在我们身上的过于沉重的鸭绒压脚被;喜欢他床头灯的黄色光线,他闹钟兴奋的嘀嗒声,他稀释在一杯清水里的药滴——这实际上是一种用来治疗他想象出来的疾病的药剂,还喜欢他独有的给我讲故事的方式。他会从书房拿来一本泛黄的书,或一本陈旧的《米老鼠》——这些书之前是我父亲的。我经常能读到沃尔特·司各特的《艾凡赫》,因为这是祖父小时候最喜欢的小说。

他掂了掂那本书，沾湿他的大拇指，翻开前几页，然后开始朗读。真神奇，我的手现在长得已经很像他的了。他不擅长大声朗读，这一点也遗传给了我。我像他一样，断句困难，联诵的时候还会出错，永远不在节奏上。似乎爱过我们的人会继续活在我们记住的为数不多的细节里。他们留存在我们身上，就如一根无法驯服的头发、一根埃及脚[1]的大脚趾、一对扇风耳。他们留在我们微笑的样子、眯眼睛的神态、咬嘴唇的表情、打喷嚏的方式，以及动不动就脸红的习惯里。我在他的臂弯里，听着他不太熟练地朗读，很快就睡着了。当然，我们从来就没读到第三章以后，但是多亏了他，我学会了去欣赏暴雨、铺着茹伊印花地毯的房间、大房子咯咯作响的走廊、达马特被子的香味、棉睡衣、羽毛枕头、温

---

[1]. 大脚趾最长，其余脚趾长度依次递减，形成一条斜线。

柔地发出咕咕声的生铁取暖器、一直垂到地上的厚重的双层窗帘，以及这些助眠的幸福的阅读时光。葬礼开始的时候，将我从上海带回的飞机恰好飞到了洛林的小墓地上方，祖父被安葬在那里。所有的航班都被订满了，我没法更早回来，于是只能从舷窗里往外看。天空一览无余，呈现一种美丽的哑光蓝，沉静，如伊甸园一般。我希望能见他最后一面。我还有最后一个问题要问他吗？我觉得应该没有了。我们曾是很好的朋友，我们对彼此坦诚直接。无论如何，现在都太迟了。两位殡仪馆的工作人员肯定已经在往一个黑色花岗岩的石板里安放这个人的全部生命，他能留给我的只有美好的回忆，但我想他一定还会再次建议我："永远要到好书里去寻找你的答案。你要相信这些书，要记得只有它们才能提醒我们，我们不是独自生活在这个世界上，我们对其他人负有责任。"他还会加上一句："艾凡赫？你还记得艾凡赫吗?"我可能会像6岁时那样,微笑着,用点头的方式回答"是"。

16
第十六章

Kwaï

　　我的父亲是五年后去世的，那天是10月5日，他在父母留给他的房子里永远地沉睡了。烟酒串通一气，加快了他死亡的进程。这次我依然在中国，我在北京。那天早上，他在法国突然去世的那一刻，我惊醒了。有人把它看作某种征兆。夜里我梦到了我们周日散完步歇脚的韦姆朗日的小咖啡馆，我梦见了福米加材质的餐台，开心果自动售卖机和啤酒机，在门口铃铛下贴着的《洛林共和报》的头版，铺着陶土瓷砖的地面，衣架和涂成红色、黄色和绿色的木球，用彩绳编成的塑料椅子，放着蓝色辛扎诺烟灰缸的台球桌，和有着巨大按键的点唱机。米歇尔·德尔佩什[1]、丹尼尔·巴尔沃因[2]和里卡·扎拉

---

1. Michel Delpech（1946—2016），法国创作歌手、演员。
2. Daniel Balavoine（1952—1986），法国创作歌手。

伊[1]的碟片在里面看起来很和谐。这个酒吧闻起来有低价酒、烟草、迷你Mir洗涤剂和加热过的蔬菜牛肉浓汤的味道。过去，这种气味曾给予我一种全新的体悟。在这个香味奇特的大杂烩中，我感觉理解了生活，就像我们在承受一些愉快的疲惫，或一些短暂、温和、可以承受的痛苦时，所感觉到的一种身体复杂的愉悦感。我的全部存在都化身在一种敏感、粗糙、刺人的快乐和一种不可撼动的真实中。那时，只有我和父亲在一起，我看着他点燃一根烟，机械地用手梳理自己的头发，把脚放在搁脚凳的棍子上，以便让那条残疾的腿得到休息。他给自己点了一杯时代啤酒，给我点了一杯石榴糖汁。他问我冷不冷，我的脚有没有被弄湿。不，我不冷，我的

---

1. Rika Zaraï（1938—2020），以色列女歌手，以法语作为歌唱语言。

脚是干的，我微笑着向他说，我挺好的。他在我看来很强大，极其高大，在他身边我感到很幸福，在这个只属于我们两个人的地方。

这次我能坐最早的航班回家了。我和姐姐[1]把父亲安葬在他父母的旁边。前一天晚上，殡仪馆让我们决定棺材和墓碑。选择这些东西非常困难，它们太丑了，我们也不太清楚是否合适。我们犹豫不决地翻着一个小册子，里面推荐了"一个全新系列的纪念物"和"2000欧的葬礼套餐"。后来，我既没有时间也没有勇气去整理他的物品、清理屋子，我就把这一重担留给了姐姐[2]，借口是我需要尽快返回中国，因为我已经没有假期了，还有工作在等着我。她安慰我，说她理解，还建议我拿走我喜欢的东西。

---

[1]. 作者未表明此处为姐姐还是妹妹，暂译为姐姐。
[2]. 同上。

图 10　我的祖父查尔斯和他的兄弟乔治

图 11　最左边是我的祖父抱着我的父亲，旁边是我的祖母

图 12　祖父的兄弟亨利

我不知道。我什么都不喜欢，除了我希望保持这个屋子的原状，什么也不碰，什么也不拿，什么也不卖，什么也不扔。我想把它变成一个庞贝古城，这样我可以时不时回来与他的幽灵重聚。然而，这是不可能的。从此，回忆也有了代价。我走进他的书房，心里明白这是最后一次。灰尘在秋天动人的逆光里舞蹈，壁橱还没有被清理，房间闻起来有烟和冷却了的灰烬的味道。他的风衣搭在一把扶手椅的椅背上，仿佛一个幻影，座位上放着一条折叠整齐的羊毛领带。他的工作台井井有条，只有一本翻开的日程本放在一个盐面团做的笔筒前，这个笔筒是我在第五个父亲节的时候送给他的。我看着他的书柜，翻了几本书，心想我们的品味肯定不同，然后我在底下的书架上找到了那个爱德舍咖啡盒，它卡在《巴黎战火》和《最后的大亨》中间，里面存放着记录我家人一生的黑白照片。我认出了我的祖父母、父亲、祖父的兄弟于贝尔和乔治、玛丽姑婆，照片上还有一些我不认识的人。一些照片是父亲婚礼的时候拍的，那时他们站在拉马克斯小城堡前或教堂前的广场上。另一些照片上，他们在骑车旅行或在芬施河河边的草地上野餐。还有一张照片，他们在一辆新车的引擎盖前，显得扬扬得意。最后一张照片是他们都在一个长满蜀葵的花园里。我的祖父也穿着德国军装，面带微笑，怀中抱着他的儿子。他的橄榄帽戴歪了，纳粹标志的臂章在他的肘部弯折了。当然，不需要再写一部小说讲述人们出于羞愧隐瞒一个家庭秘密的故事。但是不论如何，从来没有人告诉过我他也曾被编入德军。我盖上盒子，关上书房的门，心想，一个家首先就是这样的：存在着一群我们几乎完全不了解的人，但他们身上有着我们身份的原初印记。外面，天空呈现出一种抚慰人心的蓝色，和松树、砖墙的灰色，秋天的赭石色，冰冻以及死亡相得益彰。对于那个季节来说，天气已经很冷了。雾气消散了，但在刺柏的树影里留下了霜的痕迹。我记起古罗马人会用这种树木的油清洗逝者的身体。我意识到我曾生活过的世界已经不复存在。

第十七章

"我原以为重新找到了我的家，
　　我的城市，我的国家，
然而这就像一场全新的流放。"

菲利普·福雷斯特[1]，《生长》

---

[1]. Philippe Forest（1962—），法国作家、文学教授，《生长》（*Crue*）出版于2016年。

这是我在北碧府的最后一天。我整理好东西,早早结清了房费。瑞士人拍拍我的肩膀,仿佛我们是一个军团的战友——他稍稍弄痛了我——然后我到河边吃了早餐:焦糖香蕉、椰奶米糕、吐司——我在上面涂了融化的安佳奶酪,还有浓咖啡,它有一种难忘的苦味。阳光的颜色仿佛被稀释过,有些崇高感。这个时候,香气和声音互相应和,这是鸟、昆虫和花的时刻。白鹭、卷尾鸟、鸭、巨大的鸦鹃,如果没有它们的声音,丛林就没那么有趣了。椋鸟就像我们那儿的乌鸦,是最放肆的。两只椋鸟在一棵金凤花树上互相谩骂,然后飞离,最终各自落在一根树枝上赌气,眼含愠色。它们来自同一个家庭吗?最小的那只,会像我的瑞士朋友一样,责备父亲没有给予自己应得的时间和情感吗?也许这段缺失的关系会让它无法自由地生活?"命运在那儿,所有不在其上颤抖的东西都不坚实",弗拉迪米尔·霍朗[1]会这样跟他说。幸运的是,在这里,身体和精神的消耗是缓慢的,如同熏香渐渐燃尽。这是一个神奇的国家,我们会遇到蝴蝶、暹罗猫、澳大利亚上校、变色龙、倒捻子和五彩斑斓的鸟。我喝完了第三杯美式咖啡,想起在哪里读到过,杜塞尔多夫精神病医院的大门口放了一个仿制的公交车站,但没有一辆车曾在此停靠,因为它不在这个城市的地图上,不属于任何一条线路,这只是方便护士找到逃跑者的陷阱。可怜的人们在那里等着一辆永远到不了的接送车,有时一等就是几个小时,他们坚信会有车来直接把他们送回家。我付了早饭钱,拿起旅行包往火车站走去。这是我最后一次在主街上步行。我在711便利店买了两包香烟、一捆绿色雪茄。那位像北美印第安女人的老奶奶一直在那儿,

---

[1]. Vladimir Holan(1905—1980),捷克诗人。

但这次她一边嚼着口香糖一边在翻阅一本美食杂志。我沿着体育场散步，现在没有孩子了，但球门附近却聚集着一群粗俗懒散的猕猴。上个星期好像有一个游客被咬了，因为他靠得太近了。远处墓地的围栏关着，篱笆后面，园丁正坐在拖拉机上修剪草坪，机器吐出大块的草堆和红色的沙土。我往桥和桂河站的方向走，途中遇到了几只流浪狗和一些拳头大小的土灰色母鸡。天空阴沉下来。第一列火车颠簸着进站，卸下了它的游客，他们穿着短裤、七分裤、塑料人字拖，涂着粉色脚指甲，挺着柔软的大肚子，穿着难看的背心，背着旅行水壶还有背包。我认出了法国游客，因为他们穿的是迪卡侬的衣服，中国游客穿李宁，其他地方的人穿的是耐克、锐步、阿迪达斯……

这天晚上我梦到了父亲。他坐在韦姆朗日家里的沙发上，落地窗敞开着，朝向花园，我听见外面的乌鸦在叫。他穿着一件很丑的方格子衬衫（为什么是方格子？），温柔地朝我微笑。他问我对北碧府的大桥有何感想，我回答说它没太多意义。他继续说，我来到这里是正确的决定，这次旅途应该很值得，他希望能跟我一起来。随后，他站起身，走近我，递给我一根烟，为我点燃，问我是否还记得那部电影。"当然记得！"我回答说。"那本书呢？"他又问。然后他走向落地窗，向我挥手告别。我哭着从梦中醒来。

我穿过马路，差点在石碴上绊倒，最后终于到了站台。我走向一位穿蓝色制服的铁路工作人员，询问他下一趟去曼谷的车何时发车。

"火车？哪一辆火车？我从未见过火车从这里经过！"[1]他回答我，神情仿佛在怀疑自己是否曾漏看

---

1. 原文首先是英语，作者紧接着翻译成法语。

了经过的火车。

此时，一场大雨落在我们身上，刹那间，桥梁、河流、车站以及周围的一切都被雨水和蒸腾的热气吞没了。弗拉迪米尔·霍朗看得很准："命运在那儿，所有不在其上颤抖的东西都不坚实。"

最后，特别感谢米雷耶·保利尼和路易·谢瓦利耶。

此外，还要感谢马小萌、塞巴斯蒂安·拉帕克、罗伯特·拉科姆、卡普辛·鲁特和迈克尔·费里尔。